THE OMNIPOTENT
BRACELET

전능의 팔찌 2부 8

김현석 현대 판타지 장편소설

초판 1쇄 찍은 날 § 2024년 5월 17일
초판 1쇄 펴낸 날 § 2024년 5월 24일

지은이 § 김현석
펴낸이 § 서경석

총괄팀장 § 황창선
편집책임 § 양준
디자인 § 스튜디오 이너스

펴낸곳 § 도서출판 청어람
등록번호 § 제387-1999-000006호
등록일자 § 1999. 5. 31
어람번호 § 제1-3229호

본사 § 경기도 부천시 부일로 483번길 40 서경B/D 3F (우) 14640
편집부 § 서울특별시 구로구 디지털로 272 한신IT타워 404호 (우) 08389
전화 § 02-6956-0531 팩스 § 02-6956-0532
http://www.chungeoram.com
E-mail § chungeorambook@daum.net

ISBN 979-11-04-92515-3 04810
ISBN 979-11-04-92499-6 (세트)

전능의 팔찌

2부

THE OMNIPOTENT
BRACELET

김현석 현대 판타지 소설

8

도서출판
청람

전능의 팔찌 2부

THE OMNIPOTENT
BRACELET

목차

8권

Chapter 01

—

수술 좀 해주시오!

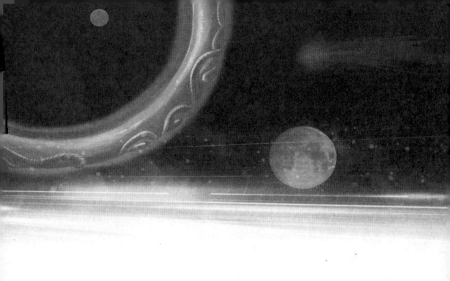

"밤새 잘 주무셨나요? 컨디션은 어떠십니까?"

현수의 방문을 받은 대통령은 환한 미소를 짓는다.

"덕분에 아주 좋아요. 뒷목 뻣뻣하던 것도 많이 좋아졌고요. 고맙습니다. 덕분에 산 것 같네요."

진심을 담은 눈빛이다. 어제는 정신이 없었지만 오늘은 아침 일찍 의료진을 불러 전말을 소상하게 보고받았다.

신행정도시 건설공사 계약을 위해 천지건설 쪽 사람들과 함께 방문했던 남아공 출신 젊은 의사가 첨단 의료기술로 뇌경색과 뇌동맥류 세 곳의 위험을 제거했다고 하였다.

국내 의사들이 한 번도 다뤄보지 않은 의료기기를 이용한 시술이었고, 상당히 예민하며, 능숙한 솜씨가 있어야 가능한 일인 것도 들었다.

현수가 없어서 시간이 지체되었다면 뇌경색으로 목숨을 잃었을 수도 있고, 심각한 후유증 때문에 일상생활이 곤란할 수도 있었다고 하였다.

정말 천운을 만나서 살아남은 것이다. 그러니 진심을 담은 눈빛으로 감사의 뜻을 표한 것이다.

"다행이네요. 대통령님이 괜찮으셔야 이 나라도 평안하고 더 발전할 테니까요."

"으음… 정말로 그렇게 생각하십니까?"

"요즘 한국이 몹시 시끄러워진 걸 아시는지요?"

"대통령이 무당(巫堂)의 결정에 따라 국정을 운영하고 본인은 드라마나 보면서 소일(消日)하는 거요?"

일함 알리예프의 눈에는 더한 말도 할 수 있지만 참는 기색이 역력했다. 어쨌든 한국에서 온 손님인 때문이다.

아무튼 한국은 대통령 하나를 잘못 뽑았을 뿐인데 국제적으로 망신살이 뻗친 모양이다.

"열정적으로 국가 발전과 국민 편의를 위해 노력하시는 대통령님과는 완전히 다르죠. 조만간 탄핵될 것 같습니다."

광화문 광장의 촛불시위가 점점 더 거세지고 있다.

도로시의 분석에 의하면 현재의 대통령은 임기를 채우지 못하고 탄핵당할 확률이 98.2%이다. 그리고 헌법재판소 판결에 의해 탄핵당할 시기는 2017년 3월로 예상된다.

군부 일각에서 계엄령이나 비상사태 선언을 획책하고 있다는 보고를 했을 때 현수는 이렇게 지시했다.

'못된 종자들이 내부분열을 못 일으키도록 해.'

지시를 받은 도로시는 전화, 이메일, SNS, 문자, 카톡, 텔레그램 등 의사소통에 사용되는 모든 수단에 대한 감시를 시작했다. 5,000만 국민 전부가 대상이다.

낌새가 이상할 때마다 알아서 공작하여 계엄령이나 비상사태선언 같은 불상사가 일어나지 않도록 막고 있다.

추가로 받은 지시가 있는 때문이다.

'문건을 만들었다면 전부 백업해 놓고, 실행에 옮기려고 하면 신이호 등을 보내서 즉시 제거해. 명령계통 전부를!'

'네에? 모두 죽이라고요?'

도로시가 놀란 음성으로 반문했다. 인명을 중시하는 현수가 이런 지시를 내리는 경우가 거의 없는 때문이다.

'그래! 모두 죽여서 없애는 게 맞아. 남들의 아픔은 전혀 신경 쓰지 않는 개 같은 것들이거든. 경험상 그런 것들은 전혀 고쳐지지 않아. 그러니 없애라는 거야.'

'정말 죽여서 없애요?'

'그래! 보는 즉시 제거하도록 해. 고쳐지지 않으니까.'

물건은 고쳐 써도 사람은 고쳐 쓰지 못한단 말을 떠올렸다.

'그건 그래요. 인간의 개과천선은 정말 믿기 힘들죠.'

'놈들 시체는 모조리 소각해서 흔적도 남기지 말고.'

신이호 등이 뿜어내는 화염이라면 5분 이내에 뼛조각까지 모조리 재가 될 것이다.

'넵! 지시대로 할게요.'

명령을 받은 도로시는 즉시 감시의 눈초리를 한 단계 업그레이드시켰다.

자칫하면 5.18 광주민주화운동 때처럼 무고한 국민들이 피흘리며 쓰러지는 일이 빚어질 수 있음을 알기 때문이다.

다행히 군부 등에서 실종된 자는 아직 없다.

현수가 우려했던 계엄령이나 비상사태선포를 결정하고 실행에 옮길 놈들 대다수가 이미 데스봇이나 변형 캔서봇으로 인한 지독한 고통을 겪고 있는 중이기 때문이다.

지휘계통에 있는 영관급 장교와 장성들 여럿이다.

이놈들에게 투여된 데스봇은 레벨8로 상향되었다. 현수가 친일파보다도 더 나쁘다고 평가 내린 결과이다.

개중엔 급속도로 진행되는 췌장암이나 폐암 등으로 인한 지독한 통증까지 겸비해서 겪고 있다.

정말 나쁜 놈들이니 지금껏 유지되던 리미트를 풀라는 지시를 내렸기에 아마도 조만간 목숨을 잃게 될 것이다.

아마도 올해 연말을 넘기지 못하고 몽땅 저승행 특급열차를 탈 것이며, 곧바로 지옥으로 떨어지게 될 확률이 높다.

현재의 대한민국은 에이프릴 증후군과 환율 불안, 이로 인한 외국자본의 전면 철수, 수출입 중단, 그리고 입출국 제한 등으로 인해 민심이 흉흉해질 대로 흉흉해진 상태이다.

여기에 대통령 측근의 국정농단 사태까지 더해졌다.

잘못을 저질렀음에도 그것을 인정하지 않은 대통령과 측근들, 그리고 여당 의원들의 뻔뻔스러운 행태는 국민들의 공분을 사고 있다. 따라서 탄핵은 정해진 수순일 뿐이다.

그리고 탄핵이 결정되면 수많은 연놈들이 감옥으로 가게 될 것이다. 전?현직 고위 공무원과 군인, 그리고 정치인과 국정농단과 관련된 자들 대부분 영어(囹圄)의 몸이 된다.

"언론보도가 모두 사실이라면 탄핵은 당연한 일입니다."

타국 대통령으로서 할 말은 아니다.

하지만 현수는 한국인이 아니다. 둘 다 외국인 신분이니 충분히 거론할 수는 있는 것이다.

"저도 그렇게 생각합니다. 그나저나 다른 덴 괜찮으시죠?"

"에구, 그건 의사인 미스터 킴이 확인할 거 아닌가요?"

"하하! 그건 그렇네요."

일함 알리예프는 허벅지를 약간 절개한 것 이외엔 아무런 상처가 없다. 당장에라도 일어나서 돌아다닐 수 있지만 의료진들이 극구 말리는 상황이라 팔자 좋게 누워 있다.

아침 일찍 장관들의 방문을 받아 어제 있었던 신행정도시와 유화단지에 대한 보다 자세한 보고를 들었다.

현수가 제시한 차관 조건을 듣고는 눈을 크게 뜨고 기쁨을 감추지 못했다. 파격적으로 유리한 조건이었던 것이다.

에이프릴 중후군 때문에 전 세계의 신경이 곤두서 있음에도 천지건설의 방문을 허락한 것은 아제르바이잔이 처한 경제상황 때문이었다.

유가는 갈수록 떨어지고 있다. 그 결과 GDP가 전년의 절반 수준이 될 것이라는 보고가 있었다.

국정을 이끄는 수장으로서 뭔가 특단의 대책이 필요한데 뾰족한 수가 없었다. 저유가 시대를 뒤집을 아무런 수단도 가지지 못했기 때문이다.

그러는 동안 천지건설에 대한 보고서가 올라왔다.

세계 톱클래스 수준의 건설력을 가진 회사이며, 한때 유동성 위기를 겪었지만 훌륭히 극복했다는 내용이다.

사실 신행정도시보다는 유화단지 건설이 더 시급하다.

신행정도시 건설은 내수경기 진작을 위한 대규모 토건사업의 일환으로 계획된 것이었다.

유화단지 건설사업도 내수 진작에 도움은 될 것이다. 그보다는 부가가치를 높인 수출을 하여 국부를 늘리기 위함이다.

철광석 원석을 파는 것보다 이를 제련하여 스테인리스 철판이나 특수강으로 만들어서 수출하는 것이 훨씬 이익이 큰 것과 같은 맥락이다.

천지건설과 처음 이야기된 것이 신행정도시 건설사업이라 속으로는 끙끙 앓고 있었다. 막대한 차관 제공이 조건이 아니라면 유화단지 건설공사로 바꾸고 싶은 심정이었다.

그런데 건설비의 무려 50% 가까운 차관을 기꺼이 제공하는 조건으로 유화단지도 같이 건설하자고 한다.

그렇지 않아도 울고 싶어 미칠 뻔했는데 기다렸다는 듯 뺨을 때려주는 것이나 다름없다.

게다가 라다흐 지역의 지반조사가 잘못되었다는 지적을 해주었다. 밤샘 조사 결과 현수의 지적이 맞았다.

조사업체는 형식적인 검사 몇 번만 하고는 마치 수백 차례 이상 꼼꼼하게 조사한 듯한 가짜 보고서를 제출했다.

이를 관리 감독하여야 할 담당 공무원들은 뇌물을 받고 처먹고는 슬쩍 눈감아주었다.

국가가 지반조사 비용으로 지출한 돈은 결코 적지 않다.

그럼에도 엄청난 돈을 들여 재앙과 환경오염이라는 결과를 불러들일 뻔했던 것이다.

대통령은 법무장관에게 즉각 관계자 전원을 엄벌에 처하라는 지시를 내렸다.

이들의 관리감독 책임이 있는 경제산업부 장관 샤힌 무스타파에프(Shahin Mustafayev)는 사표를 제출해야 했다.

가장 먼저 장관의 목부터 날아간 것이다.

이런 상황이라 하더라도 한국 같으면 지청장 출신이나 판사 출신 변호사를 사서 전관예우를 받으려 했을 것이다.

재판의 결과는 집행유예 정도가 유력하다. 풀려나면 여기

저기에서 갑질하며, 호의호식하는 생활을 했을 것이다.

불행히도 이곳은 유전무죄, 무전유죄가 횡행하는 나라가 아니다. 그리고 돈 있는 놈들에게 솜방망이 처벌만 하는 대한민국이 아니다.

조사업체 사장을 비롯한 간부들, 그리고 뇌물을 받아 처먹은 공무원들은 무기징역 내지 사형이 언도될 것이다.

국가반역에 준하는 범죄행위를 저질렀으니 당연하다.

교도소 환경이 그리 좋지 못해 죽을 때까지 맛없는 음식과 고된 수형생활을 겪게 될 것이다.

국가를 위기에 빠뜨릴 뻔했고, 한국인들에게 망신살을 산 것을 감안하면 가석방은 없다.

일함 알리예프가 적어도 2032년까지는 대통령 자리에 앉을 것이니 최하 16년은 감옥에서 썩을 일만 남았다.

"불편하신 것이 있으시면 언제든 말씀하세요."

"그럴게요. 와줘서 고마워요."

"별말씀을 다 하십니다. 그럼 쉬세요."

대통령의 병실을 나서자 어제 보았던 이 병원의 원장이 황급히 다가선다.

"저어! 잠시 시간 좀 내주실 수 있는지요?"

"바쁘냐고요? 아뇨! 괜찮습니다."

현재 두 개의 계약서가 만들어지는 중이다.

신행정도시와 유화단지 건이다. 이것에 대한 검토는 동행한

고인성 법무실장과 법무실 직원들이 하고 있다.

계약은 내일 오전 10시에 건설부 장관실에서 하기로 되어 있다. 오늘 예정되었던 답사는 취소되었다.

어제보다 비는 덜 오지만 바람이 너무 심하다. 아울러 가는 길의 일부가 유실되어 접근이 어렵다고 한다.

아제르바이잔은 불의 나라이다. 아제르가 '불'이고, 바이잔이 '나라'라는 뜻이다.

바쿠는 바람이 많이 불어서 '바람의 도시'라 불린다. 그래서 그런지 아주 세찬 바람이 불고 있다.

예정되어 있던 현장답사가 무산되었으니 딱히 할 일이 없다. 하여 대통령의 병실을 찾아왔던 것이다.

"아! 다행입니다. 그럼 저랑 잠깐 가시죠."

현수는 병원장에 이끌려 그의 집무실로 들어갔다. 비서인 듯한 아가씨가 차를 내왔다.

"고맙습니다. 참, 예쁘시네요."

현수는 아제르바이잔어로 감사의 인사를 건넸다. 정말 예뻐서 한 말이다.

드라마 '왕좌의 게임'에서 용의 어머니 역할이었던 영국 출신 배우 에밀리아 클라크(Emilia Clarke) 같은 분위기였다.

화장술이 부족한지 약간은 수수했지만 아주 예뻤다.

타밀라 라시자데(Tamila Rasizadeh)라는 이름을 가진 비서 아가씨는 면전 칭찬이 부끄러운지 낯을 붉히며 물러났다.

문 닫히는 소리가 나자 원장이 입을 연다.

"에고, 우리나라에서는 처녀에게 예쁘다고 하면 청혼하는 건데 알고 말씀하신 거죠?"

원장은 빙그레 미소 짓고 있다. 농담이라는 뜻이다.

"허어! 그렇습니까? 몰랐네요. 근데 비서 아가씨가 제 청혼을 기꺼이 받아들일까요?"

"아마도요……! 지금 확인해 드려요?"

원장은 당장에라도 전화기를 들어 타밀라를 들어오라고 하려는 듯한 제스처(Gesture)를 취한다.

"아이고, 아닙니다. 제가 잘못했습니다."

진짜로 엮으려는 마음이 아주 없진 않은 듯하여 얼른 꼬리를 내렸다.

"하하! 하하하하……!"

현수를 놀려먹은 게 즐거운 듯 파안대소를 터뜨린다. 현수는 부드러운 미소를 짓고는 블랙티 '차이'를 마셨다.

차이는 홍차보다 조금 진해서 기름진 식사 후의 입가심으로, 나른할 땐 카페인 공급원으로 사랑받는다. 한국에서 커피가 애호되는 것과 비슷하다.

"그나저나 무슨 일로 저를 부르셨는지요?"

"그게……"

막 찻잔을 들어 한 모금 들이켜려던 원장이 주저하며 말문을 열지 못하고 있다. 뭔가 부탁할 때의 표정이다.

"그냥 마음 편히 말씀하세요."

"그게 말이죠……."

"아유! 괜찮다니까요. 말씀하세요."

"네! 말씀드리지요. 어제 대통령님의 응급수술이 마쳐진 후 그 내용이 방송을 탔습니다."

"아! 그런가요?"

"오늘 아침 세 명의 환자가 저희 병원으로 왔습니다. 대통령님을 수술해주신 닥터 킴을 만나게 해달라고요."

"저더러… 그분들 수술을 해달라고요?"

"외람되지만 그렇습니다. 셋 중 하나는 이제 겨우 네 살 밖에 안 된 여자아이입니다."

"네? 네 살이라고요?"

"네! 저희 의료진의 소견으론 모야모야병이 아닌가 싶습니다. 잘 아시겠지만 모야모야병의 증상은……."

원장의 말은 중간에 끊겼다.

*　　　　*　　　　*

"일단 제가 확인을 해봐도 되겠습니까?"

"아이고, 그럼요! 그럼요."

기다리던 대답이라 그런지 대번에 표정이 밝아진다.

잠시 후 현수는 네 살 여아를 살피고 있었다.

"뇌혈관 조영실을 써야겠습니다."

"네! 준비시키겠습니다."

병원장이 지시를 내리기 위해 돌아섰을 때 도로시에게 확인했다.

'뭐야? 모야모야병 아니라 뇌경색 같은데?'

'제 소견도 그래요. 일단 뇌혈관 조영술로 확인해 보죠.'

한 시간쯤 지난 후, 현수는 아이의 굵은 혈관이 있는 사타구니를 2~3㎜ 정도 절개한 후 가느다란 카테터[1]를 혈관 속에 밀어 넣고 있었다.

원하는 위치에 도달했을 때 카테터 안으로 조영제를 넣었다. 조영제가 혈관을 타고 몸속을 다니는 동안 재빠르게 X—ray 촬영토록 했다.

짧은 시간 동안 여러 장을 찍으니 조영제의 움직임을 동영상처럼 확인할 수 있다.

혈관이 막히거나 출혈이 있는지, 혈관 일부가 풍선처럼 부풀어 오르는 뇌동맥류가 있는지 꼼꼼하게 검사했다.

현수의 최초 진단대로 혈전에 의한 뇌경색이 맞았다. 하여 이를 제거했고, 나머지 부위도 살펴보았다.

또 한 곳에서 뇌경색 조짐이 발견되었다. 아직 어린 나이임

---

1) 카테터(catheter): 늑막강·복막강 또는 소화관·방광 등의 내용액의 배출을 측정하기 위해 사용되는 고무 또는 금속제의 가는 관. 카테테르라고도 한다. 본래의 목적과 반대로 약제나 세정액의 주입 등에도 응용된다.

에도 혈관이 좁아진 상태였다.

조심스레 스텐트 시술을 해줬다. 다행히 더 이상은 있지 않아 시술을 마쳤다.

"이것으로 뇌혈관 중재 시술을 마칩니다."

"수고하셨습니다."

짝짝짝짝! 짝짝짝짝ㅡ!

의료진들의 박수를 받으며 물러서는데 병원장이 반색하며 다가선다.

"수고 많으셨습니다. 그리고 고맙습니다."

"에고, 고맙기는요. 아직 어린아이인데… 참! 모야모야병이 아니라 뇌경색이었습니다. 하나는 혈전 때문에, 다른 하나는 혈관이 좁아져서……."

아이의 상태를 이야기하는 동엔 곁에 있던 의료진이 받아 쓰기를 했다. 무슨 금과옥조를 받아 적는 것처럼 아주 심각한 표정이라 살짝 웃음이 나왔지만 억지로 참아냈다.

"닥터 킴! 체력이 괜찮으시다면 다른 환자도……."

"네! 안내하십시오. 오늘 하루는 이 병원에서 살아야 할 것 같으니까요."

"아이고, 고맙습니다. 이번에 보실 환자는 66세로……."

환자에 대한 설명을 들으며 손을 씻었고, 태블릿으로 보여주는 영상을 살폈다.

"이 환자는 중재 시술보다는 개두(開頭) 후 클립으로 결찰

해야 할 것 같군요."

"저어… 그게 가능하신지요?"

"15번 해봤고 모두 성공했습니다."

"아! 그렇다면… 저희 병원 신경외과 의료진들이 오늘 아주 귀한 경험을 하겠군요."

"다 들어오셔도 됩니다. 수술에 방해되지만 않는다면요."

"아이고, 그럼요! 일단 제 방에서 차 한잔하시죠. 수술실 준비시키겠습니다."

원래는 환자의 현재 상태 등을 면밀히 고려하고, 컨디션 조절까지 끝낸 후 수술하는 것이 원칙이다.

그런데 지체할 시간이 없다. 하여 원칙을 깨고 곧바로 수술해 달라고 요청한 것이다.

아제르바이잔엔 뇌동맥류 클립결찰술을 시도해 본 의사가 하나도 없다. 아니, 그걸 구경조차 못 해보았다.

어제는 뇌혈관 중재 시술과 뇌혈관 코일 색전술을 견학한 바 있다. 오늘 또 한 번의 중재 시술을 견학했다.

의료 선진국으로 유학을 가지 않으면 볼 수 없는 것이다.

그런데 이번엔 두개골을 열고 뇌동맥류를 클립으로 결찰하는 것도 견식할 모양이다.

현수가 병원장실에서 차를 마시는 동안 신경외과의 모든 의료진은 두근거리는 마음으로 대기하고 있었다.

현수는 두 명의 뇌동맥류 환자에게 클립결찰술을 시행했

고, 중재 시술도 두 번이나 더 했다.

밤 11시 17분경엔 간암 환자를 마주하고 있었다.

카테터를 꽂고 조영제를 투여하니 암세포에 혈액을 공급하는 혈관들을 찾을 수 있었다. 일단 혈류를 차단시켜 암의 성장을 막았다.

아직 초기인지라 이 정도만으로도 괜찮을 것이라는 도로시의 의견이 있었다.

새벽 2시 45분, 또 한 환자의 두개골이 열릴 때 멀리 떨어진 프리토리아 대학병원 외과의국에선 두 명의 의사들이 대화를 나누고 있었다.

"이봐, 톰슨! 오늘 해외뉴스 봤어?"

"무슨 뉴스?"

"아제르바이잔 대통령이 뇌경색으로 쓰러졌었대."

"그래? 근데?"

환자가 흔한 대학병원이라 그런지 별 반응이 없다.

"추가로 조사해 보니 다발성 뇌동맥류도 발견되었대."

"에고, 곧 사망하겠네."

아제르바이잔의 의료수준을 짐작하기에 하는 말이다.

"아니! 뇌혈관 중재 시술과 뇌동맥류 코일 색전술을 받았고, 무사히 위기를 넘겨 회복단계에 있대."

"오! 그래? 거기 의료수준이 꽤 좋아진 모양이네."

"아니!"

"아니라니? 중재 시술과 코일 색전술이 보기엔 쉬운 것 같아도 아차 하면 환자를 잃을 수도 있는 고도의 집중력을 필요로 하는 시술이라는 거 몰라?"

"알지! 어제도 우리 과장님이 시술하는 거 견학했잖아."

"그래! 우리 과장님 정말 대단하시지? 그렇지? 그 좁은 혈관 속으로… 아! 난 언제쯤 그런 시술을 익힐 기회가 올까?"

"신경외과 레지던트이니까 언젠가는 하겠지. 그나저나 어제 아제르바이잔 대통령을 위기에서 구한 게 누군지 알아?"

"그야 당연히 모르지. 누군데?"

"너 혹시 우리 동기 중에 하인스 킴이라고 기억나?"

"하인스 킴… …? 우리 동기 중에 그런 친구도 있었나? 나는 처음 듣는 이름인데 너는 알아?"

"그렇지? 나도 기억이 안 나. 근데 우리 인턴 할 때 펄펄 날던 녀석 있잖아. 짐머만 교수님이 수술을 허락했던 녀석 말이야. 기억 안 나?"

"우리 인턴이면 작년인데 당연히 기억나지. 너 지금 한스 킴튼 말하려는 거지? 어? 그러고 보니 그 친구가 안 보인다. 어디로 간 거야? 우리 병원에 있을 줄 알았는데."

"야! 그 친구 작년 연말에 인턴 파티 끝나고 가다가 교통사고 나서 크게 다쳤잖아."

방금 언급된 한스 킴튼은 프리토리아 의과대학을 우수한 성적으로 졸업한 인재이다.

1년의 인턴 과정을 수료하는 동안 발군의 실력을 보여 교수 참관 하에 여러 번 집도를 했다.

동기들 중 가장 빠른 집도였는지라 부러움과 시기의 눈초리를 동시에 받았었다.

인턴을 무사히 마치던 날, 기념으로 동기들끼리 모여서 한잔하고 헤어졌는데 귀가하던 중 브레이크가 파열된 트럭에 치이는 사고를 당했다. 그 결과 심각한 중상을 입었다.

지금 이야기되고 있는 한스 킴튼은 혼혈이다.

영국과 아프리카 원주민, 그리고 동양계가 섞였다. 하여 피부색이 흰 편이었다. 의대 입학 전에 부모 모두 사망한 고아였고, 그야말로 사고무친[2] 했다.

뛰어난 성적이 아니었다면 장학금을 받지 못하여 의대를 졸업하지 못했을 것이다.

그런 그가 레지던트가 되기 직전에 사고를 당한 것이다.

"뭐어? 정말? 와! 정말 아까운 인재를 잃었네. 근데 내가 왜 몰랐지?"

"그때 넌 그 잘난 여친한테 차여서 한창 술독에 빠져 있을 때였잖아. 잊었어?"

"아! 그랬나? 근데 그 친구는 왜?"

"아제르바이잔 대통령을 수술한 친구가 우리 학교를 나온

---

2) 사고무친(四顧無親): 사방(四方)을 돌아보아도 친척(親戚)이 없다는 뜻으로, 의지(依支)할만 한 사람이 도무지 없다는 말.

하인스 킴이라고 해서. 여기 이 사진 좀 봐."

"이 친구가 하인스 킴? 우리 동기라고? 와아, 내 기억력에 문제 있나? 왜 처음 보는 얼굴이고, 처음 듣는 이름 같지?"

"그렇지? 나도 처음 봐. 근데 짐작 가는 바가 있어."

"그래? 뭔데?"

"언뜻 들은 소문으론 그 친구 사고가 얼추 수습된 후 한국으로 갔다고 한 거 같아."

"한국으로…? 거긴 왜?"

"사고로 얼굴을 아주 흉하게 다쳤다고 들었거든. 근데 넌 한국이 어떤 나라인지 알지?"

"남한과 북한으로 나뉘어 아직도 전쟁 중인 국가?"

"아니, 그거 말고!"

"그럼 뭐?"

"한국은 세계에서 성형수술을 제일 잘하는 나라야. 몰라?"

"모르긴! 인정해. 내가 왜 신경외과를 지원했는지 몰라?"

"그래! 성형외과를 선택하면 여기서 아무리 잘해도 세계 제일 되기 힘들어서 그랬잖아."

"꿈도 크네? 세계 제일의 신경외과 의사가 목표인 거야?"

"그래! 그래서 신경외과를 택했는데 사실은 지금이라도 바꾸고 싶다. 신경외과는 너무 어려워!"

"그건 나도 인정! 공부할 게 너무 많아. 아무튼 한스 킴튼이 한국으로 간 건 성형외과 때문인 거 같아."

"성형외과? 뭔 소리야? 조금 더 자세히 말해봐."

"교통사고로 얼굴이 엉망이 된 얼굴을 손보려고 갔겠지. 한국이 성형수술로는 세계 제일이니까."

"아! 그랬어? 근데 뭐?"

"한국에서 얼굴을 고친 김에 '한스 킴튼' 에서 '하인스 킴'으로 이름을 바꾼 건 아닌가 해서."

"아! 그건 그럴 수도 있겠다. 여기선 우리 둘 말고는 친구가 하나도 없었잖아. 사실 우리도 그렇게 친한 친구도 아니었지만. 그렇지?"

"그래. 나도 그렇게 생각해. 그 친구랑 같이 있을 때 잘해줄 걸 그랬다."

"생각해 보니 그러네. 아! 그 친구 되게 보고 싶다."

두 친구의 이 대화로 현수의 신분은 더욱 공고해졌다. 한스 킴튼과 제일 친한 친구들이기 때문이다.

이들의 생각과 달리 한스 킴튼은 이미 세상을 떴다.

응급실로 실려 갔을 때 본인의 이름만 간신히 대고 의식을 잃었고, 그길로 곧장 저승길에 올랐던 것이다.

둘이 이런 대화를 하고 있을 때 현수는 메스로 뇌종양 병변 부위를 절제하고 있었다.

도로시의 끊임없는 잔소리와 조언이 있었기에 실수 없이 종양세포 부위를 절제해낼 수 있었다.

긴장된 시선으로 바라보고 있지만 현수가 들고 있는 메스는 마치 계획되었던 일인 양 거침이 없었다.

그렇게 잠시의 시간이 흘렀다.

"자~! 이것으로 뇌종양 절제수술을 마칩니다."

수술 완료를 선언한 것은 아침 6시 15분이다. 어제 오전부터 20시간 넘게 수술을 했지만 피곤하진 않다.

그냥 놔뒀으면 반드시 죽음에 이르렀을 환자들은 생환시킨 성취감이 컸던 때문이다.

"정말 수고하셨습니다."

병원장을 비롯한 의료진 모두 깍듯하게 고개 숙여 예를 취했다. 현수의 뛰어난 수술 실력에 탄복한 것이다.

"제 방에 간단히 식사하실 음식과 물을 준비해 두었습니다. 샤워도 하시고요."

"네에, 그러지요."

병원장실로 들어간 현수는 샤워부터 하였다. 비릿한 피 냄새가 밴 것만 같아 식욕이 뚝 떨어졌기 때문이다.

다 씻고 나오니 몸에 맞는 옷들이 준비되어 있었다.

"계약은 오전 10시에 한답니다."

"네, 알고 있습니다."

병원장실에서 식사를 마친 현수는 잠시 쉬었다가 정부청사로 향했다.

짝짝짝짝—! 짝짝짝짝—!

건물에 들어선 뒤에도 박수 소리가 끊이지 않았다.

대통령뿐만 아니라 다른 여러 환자들도 구해냈다는 소문이
번진 결과이다.

*   *   *

"이것으로 신행정도시와 유화단지 건설공사 계약식을 마치
겠습니다."

사회자의 발언에 이어 모두가 박수를 친다.

서로 Win—Win인 계약이라 그런지 모두가 밝은 표정이다.

현수는 천지건설 전무이사가 아니라 차관 제공자 자격으로
참석했다.

하여 신행정도시 총책임자인 샤빈 무스타파예프 건설부 장
관과 유화단지 총책임자 후세인글루 바기로프 천연자원부 장
관과 동석했다. 곁에는 이연서 총괄회장이 자리했다.

사미르 샤리로프 재정부 장관도 단상 위에 있고, 계약 당사
자인 신형섭 사장도 있다.

모두가 만면에 미소를 짓고 있을 때 현수의 뇌리로 도로시
의 음성이 울린다.

Chapter 02
—
뇌물 안 바쳐?

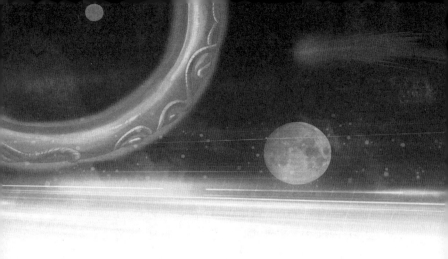

'폐하! 신수동 Y—빌딩 또 반려될 거 같아요.'

'또? 왜에……?'

슬쩍 짜증이 나서 그런지 '에' 자의 발음이 길었다.

'서울시 도시계획위원회는 재개발 및 재건축사업 등 도시 계획사업과 관련한 지구단위계획안이나 종(種) 상향 등 시민재 산권에 밀접한 영향을 미치는 다양한 안건을 다뤄요.'

'그래, 근데?'

'시공무원 4명, 시의원 5명, 민간전문가 21명, 이렇게 30명 이 전원합의제로 운영되는 것도 아시죠?'

'그랬나? 그런데 왜 또 반려라는 거야?'

'시의회 의원 중 여당 시의원 셋이 몽니[3]를 부리네요.'

'여당 시의원? 무슨 몽니를 부려?'

'1만 가구 이상 건립되니까 학교용지부담금을 내라네요. 그거 안 내면 반려하라고 난리치는 모양이에요.'

'뭐라고?'

학교용지부담금은 대규모 택지개발에 따른 인구 급증으로 교육여건이 악화됨에 따라 안정적인 학교용지 확보를 위해서 만들어진 조례이다.

하지만 형평성 문제가 제기되어 대법원에서 '위헌판결'을 내렸고, 내용 일부는 다음과 같이 바뀌었다.

공동주택 개발자에게 부과하고 있는 학교용지부담금은 100가구 이상 민영주택과 직장과 지역조합 주택, 주상복합건물에 부과되며 '분양가의 0.8%를 납부' 해야 한다.

신수동 사업부지는 외국인 투자를 활성화하고 대규모 외국인 투자를 유치하기 위하여 서울시장이 외국인 투자촉진법에 근거하여 지정·고시한 지역이다.

이렇듯 외국인 투자지역으로 지정될 경우 단지 조성 땅값의 40%가 정부 예산으로 지원되며, 진입로 등 기반시설도 정

---

3) 몽니: 상대방이 그다지 잘못한 일도 없는데 공연한 트집을 잡아서 심술부리는 등 괴롭히고, 욕심 부리는 성질.

부가 갖춰주도록 되어 있다.

아울러 입주한 외국인 투자기업에 대해 향후 7년간 법인세 및 소득세를 매년 100%, 그 이후 3년 동안은 매년 50%를 깎아주도록 되어 있다.

또한 취득세, 등록세, 재산세, 종합토지세 등 지방세 역시 8~15년간 일정수준 감면혜택이 부여된다.

이처럼 세제 혜택뿐만 아니라 다른 법률 적용 배제 등의 지원이 제공된다. 특혜가 분명하지만 이는 외국인들의 투자를 촉진하기 위함이다.

Y-빌딩은 단 한 평도 분양하지 않을 계획이다.

분양가가 단 한 푼도 없으니 학교용지부담금도 당연히 있을 수 없다. 그럼에도 뇌물을 바치거나 이권(利權)을 제공하라고 딴지를 걸고 있다는 것이다.

물론 직접적으로 요구한 것은 아니다. 도로시가 놈들이 왜 이러는지 행태를 분석한 결과이다.

'대체 어떤 놈들이지?'

'대가리 속에 뇌 대신 우동사리가 든 돌대가리들이에요. 이렇게 딴지를 걸면 은근 슬쩍 봉투라도 찔러줄 것이라 생각하는 모양이에요.'

'뇌물 좋아하는 걸 보니 딱 현재의 여당 수준인 놈들이군.'

'네! 저도 그렇게 생각해요.'

생각해 보니 무척 괘씸하다.

'놈들의 비위사실이 있는지 조사해 봐! 부모와 배우자, 그리고 자식의 것까지 몽땅……! 그러고는 인터넷에 까발려.'

'이미 그렇게 했어요. 지금 개망신당하는 중이에요.'

'그래? 탈세 같은 위법행위는 모조리 고발한 거지?'

'네! 그건 관계 부처에 신고했어요. 놈들이 평생 저지른 탈세와 탈법행위 보여 드려요?'

'아니! 그런 거 보면 내 정신건강에 해로워. 그나저나 사업부지 인근 지도 한번 띄워봐.'

눈을 감았다 뜨니 신수동과 구수동 일대 지도가 떠 있다.

'여기와 여기는 면적이 얼마나 되지?'

현수가 짚은 곳은 Y-빌딩 부지 길 건너편 주택가와 대각선 건너편 주택밀집 지역이다.

'북쪽은 44,255㎡이고, 남쪽은 33,166㎡예요.'

'흐음, 1만 3,387평하고, 1만 50평이군.'

'학교 지으시게요?'

'시의원 놈들이 딴지를 건다며? 기왕이면 누구나 오고 싶은 학교를 지어야 하지 않겠어?'

도로시는 대꾸하지 않고 다음 말을 기다렸다.

'여기에 어린이집, 유치원, 초등학교, 중학교, 고등학교 충분히 들어가지?'

'그럼요! 충분하고도 남죠.'

'그럼, 남쪽 부지엔 어린이집과 남자 중?고등학교가 들어가 도록 해.'

'북쪽 부지엔 유치원과 초등학교, 그리고 여자 중?고등학교 를 넣을게요.'

'그래! 북쪽 부지와 Y—빌딩 사이 차도는 없애고, 대각선 건너편은 지하보도로 연결해. 무빙워크를 설치하면 될 거야.'

지상의 차도를 없애고, 지하보도에 무빙워크를 설치하는 것 은 어린아이들과 초?중?고생들이 통학할 때 발생할 수 있는 교통사고를 막기 위한 조처이다.

'네! 부동산 가격이 많이 떨어진 데다가 매물이 많아서 전 보다 더 빨리 확보될 거 같아요.'

'주민들 이사 갈 아파트는 확보되어 있어?'

'길 건너 서강동 아파트에 매물 많아요.'

충분히 가능하다는 말이다.

'운동장이 넓을수록 좋을 테니 중?고등학교는 조금 높게 짓는 대신 안전을 최우선으로 한 설계를 해. 추락방지용 덧창 같은 거 꼭 설치하고.'

학교를 높게 지어놓으면 교실이 부족할 일이 없다.

남는 공간은 음악실이나 미술실, 과학실험실, 도서실, 학습 실, 동아리방, 상담실 등으로 쓰면 된다.

'네! 옥상도 신경 쓸게요.'

'어린이집과 유치원은 아이들이 다치지 않도록 각별히 유의

하는 거 잊지 말고.'

'그럼요! 제국의 법령에 따른 설계를 할게요.'

이실리프 제국은 '안전이 우선'인 국가이다.

그렇기에 2016년 현재 대한민국의 안전 기준보다 훨씬 상향된 시설과 장비를 갖추어야 한다.

'어린이집과 유치원은 배치에 신경 써.'

아이들이 불편하지 않도록 하라는 뜻이다.

'넵!'

'건물은 충분히 넓고, 높게 뽑아서 가능한 많은 인원을 받을 수 있도록 하고.'

'어느 정도로 할까요?'

'법령이나 조례로 정한 기준 같은 거 있지?'

'그럼요! 교육부 기준으론 학급당 만 3세는 17명, 만 4세는 22명, 만 5세는 26명으로 되어 있어요.'

'그래? 근데 학급당 인원이 너무 많네? 교사 혼자서 천방지축인 아이들을 어떻게 다 돌보지?'

'그러게요.'

'내 생각엔 만 3세는 8명, 만 4세는 10명, 만 5세는 12명 정도가 적당할 거야.'

'동의해요. 연령별 학급수는 얼마나 할까요?'

학급수가 정해져야 유치원 교사를 얼마나 뽑을지 확정되기에 물은 말이다.

'만 3세 45학급, 만 4세 36학급, 만 5세 30학급 정도면 Y—빌딩 입주자 자녀들은 충분히 돌볼 수 있지 않겠어?'

나이별로 360명씩이니 총 1,080명이다.

'1만 2천 가구가 넘으면 부족할 수도 있어요.'

Y—그룹에 채용되면 일단 주거가 안정된다. 그리고, 급여가 일반 대기업보다 높다.

이런 상황이 되면 결혼과 출산을 두려워하지 않는다. 어쩌면 다둥이 출산이 유행처럼 번질 수도 있다.

'부족하다고? 그럼 나중에 더 지으면 되잖아. 문제 있어?'

'그럼, 나중엔 남아도니까요.'

아이들이 성장함을 이야기하는 것이다.

'그럼 주변 동네 자녀들을 받으면 되잖아. 교실이 남으면 다른 용도로 써도 되고. 안 그래?'

'네에! 알겠어요.'

도로시는 이에 맞춰 유치원의 규모를 결정했고, 초등학교를 설계했다.

초등학교도 학년별로 360명이니, 한 반 정원을 20명으로 잡으면 18반까지 있어야 한다. 교실만 108개가 필요하다.

담임선생님만 108명이 있어야 하니 교무실도 특대형 이어야 한다.

이밖에 급식실, 음악실, 미술실, 과학실험실, 서무실, 상담실, 양호실, 교장실 등 부속실이 더 필요하다.

하여 초등학교 건물은 부지 경계에 딱 붙여서 짓도록 설계하였다.

살짝 경사지이기에 운동장에서 보았을 때는 반지하 1층, 지상 10층이지만 부지 바깥인 도로에서 보았을 때에는 지상 11층짜리 건물이다.

도로에 면한 1층엔 상가가 조성되어 임대된다.

이보다 안쪽인 운동장 아래엔 급식을 위한 대형 주방과 식자재 창고, 일반 창고, 주방 직원 휴게실 등이 자리한다.

나머지 공간은 교직원 및 방문자를 위한 주차장이다.

임대상가를 위한 주차장 및 창고 등은 지하 2층에 별도로 마련한다. 어쨌거나 반지하 1층의 채광과 환기는 여느 1층과 다름없다.

지상 1~3층은 1~3학년 교실과 급식실로 사용된다.

4층엔 음악실, 미술실, 과학실험실, 역사교실, 동아리방, 상담실, 양호실, 창고 등이 자리한다.

5층엔 교무실, 휴게실, 교사식당, 교재창고가 들어선다.

6~8층은 4~6학년 교실과 급식실로 사용한다.

9층엔 서무실과 교장실, 도서열람실이 배치된다.

10층은 강당인데 고품질 음향시설을 갖춰 연주회 등을 위한 오디토리움(Auditorium)으로 사용 가능하다.

각층의 양쪽 끝엔 남녀가 구분된 화장실이 있다. 옥내계단도 두 개가 있으며, 옥외계단도 양쪽 끝에 설치된다.

각 층별 교실수는 28개이고, 급식실은 둘로 쪼개면 하나당 150명이 동시에 식사할 수 있는 규모이다.

지하 1층 주방에서 만들어진 음식은 식당용 승강기 덤웨이터(dumbwaiter)로 각층 급식실로 보내진다.

이를 받은 급식담당자들이 배식대에서 배식하게 된다. 식사 후 설거지와 건조를 위한 공간도 있다.

운동장엔 아이들이 뛰어놀다 엎어져도 안전하도록 폭신하고 두툼한 천연잔디가 깔리게 된다.

운동경기를 위한 트랙도 있다.

초등학교에 이어 중?고등학교 규모도 결정되었다. 남녀를 구분하니 규모는 초등학교의 절반이다.

이 건물 역시 밑은 중학생이 위는 고등학생들이 쓴다.

어린이집, 유치원, 초?중?고등학교에 대한 정부지원금은 한 푼도 받지 않는다.

교육부의 간섭으로부터 자유롭고, 임직원 자녀들을 교육하는 일이니 사원복지 차원의 배려이기 때문이다.

따라서 등록금과 급식비가 없다.

교복도 무상 지급하는데 모두 항온의류이다.

여름엔 티셔츠와 반바지, 봄?가을?겨울엔 후디와 바지가 지급된다. 모두 항온의류이고, 무상(無償)이다. 상하의 모두 무지[4]인데 학교 마크만 인쇄된 것이다.

---

4) 무지(無地): 무늬가 없이 전체가 한 가지 빛깔로 됨. 또는 그런 물건.

1인당 세 벌씩 지급되는데 찢기거나 훼손될 경우엔 Y—빌딩 지하 매장에서 저렴한 가격에 구입할 수 있다.

'교사 수급도 각별히 유의해야 하는 거 알지?'

교사와 교직원들 모두 Y—그룹 직원을 뽑을 때와 같은 기준을 통과해야 채용된다. 일련의 과정을 거쳐 정식직원이 되면 당연히 Y—빌딩에 주거가 제공된다.

'길 건너편, 이곳의 면적은 얼마나 되지?'

현수가 지목한 곳은 Y—빌딩 사업부지와 25m 도로를 사이에 둔 건너편 주택가이다.

아파트 단지들과 기존의 중·고등학교, 그리고 성당으로 둘러싸인 빌라촌이다.

'이곳 면적은 2만 853㎡'니까 6,308평쯤 돼요.'

'이거와 비슷한 규모의 부지를 가진 장애인 학교 있어?'

'네! 구로동에 서울정진학교라고 있어요.'

'그래? 그 학교 현황을 이야기해 봐.'

'네, 서울정진학교는요……'

잠시 도로시의 보고가 이어졌다.

서울정진학교는 1987년 11월에 설립된 특수학교이다. 지적장애와 지체장애가 있는 학생들을 교육하고 있다.

약 6,954평 규모의 부지에 초등 18학급, 중등 12학급, 고등 12학급으로 편성되어 있으며, 현재 291명의 재학생과 170명의 교사와 교직원 등으로 구성되어 있다.

'다른 학교들도 이와 비슷해?'

'네! 서울 정애학교라고 강남구에 있는 학교도 그래요.'

'좋아! 그럼 이 부지도 매입해서 장애인 학교를 세워.'

'네! 직원 자녀 중에도 장애아가 있을 수 있으니까요.'

'마포구 장애인 수는 얼마나 되지? 30세 미만만!'

'오늘 현재 9세 미만은 158명이에요. 남아와 여아는… 그냥 표로 보여 드릴게요.'

말 떨어지기 무섭게 표 하나가 시야에 뜬다.

단숨에 내용을 알아볼 수 있도록 직관적이며, 깔끔한 디자인과 서체이다.

연령 구분	남자	여자	합계
9세 이하	98	60	158
10 ~ 19세	215	120	335
20 ~ 29세	341	210	551
합 계	654	390	1,044

현수는 장애인 현황을 보며 생각에 잠겼다.

이실리프 제국에선 임신 전에 유전자 교정을 받게 하고, 임신 중이면 장애검사 후 조치를 취한다.

하여 후천장애인도 드물었지만 선천장애인은 거의 찾아볼 수 없다. 아예 장애인으로 태어나지 않게 하기 때문이다.

유전자 교정 마법이 적용된 E—GR을 복용한 다이안 멤버들과 김지윤, 그리고 권지현과 강연희의 경우는 어떠한 경우라도 장애아를 출산하지 않는 몸이 되었다.

　이곳은 대한민국의 수도 서울이고, 유전자 교정 마법을 시전해 줄 수 있는 마법사가 없다. 이게 현실이다.

　'재학 인원에 따라 유치부, 초등부, 중등부, 고등부 및 전공학부를 유연하게 구성할 수 있는 교사(校舍)를 짓도록 설계해. 지체장애와 지적장애를 구분하는 거 잊지 말고.'

　'넵!'

　'일단 재학 인원은 1,044명으로 잡아봐.'

　마포구의 29세 이하 장애인 전부가 올 수도 있기에 이만한 규모를 갖추라는 것이다.

　　　　*　　　　　*　　　　　*

　'알겠어요. 근데 주변에서 반대가 심할 거예요.'

　'왜? 누가 무슨 이유로?'

　'일부가 장애학교를 무슨 혐오시설 정도로 여기고 있으며, 집값이 떨어진다는 게 제일 큰 이유예요.'

　'장애학교와 집값이 무슨 상관이지?'

　'제 말이요!'

　살짝 화가 난다는 어투였다.

'그래? 그럼 아까 그 지도 다시 띄워봐.'

4개의 아파트 단지로 둘러싸여 있음이 확인된다.

'여기, 여기, 그리고 여기의 면적은 얼마나 되지?'

'35,540㎡니까 1만 751평이네요.'

'이 부지까지 다 사들여서 장애학교를 지으면 규모는 얼마나 될까?'

'얼마나 수용하시게요?'

'일단 마포구와 인접한 용산구, 서대문구, 강서구, 양천구, 영등포구의 장애인 현황 띄워봐. 아까처럼 30살 미만으로!'

	9세이하	10~19	20~29	합 계
용산구	87	183	299	569
서대문구	138	332	495	965
마포구	158	335	551	1,044
강서구	284	545	1,069	1,898
영등포구	143	310	521	974
양천구	208	480	655	1,343
합 계	1,018	2,185	3,590	6,793

'흐음! 용산구는 적고, 강서구와 양천구는 많네.'

'네! 그러네요.'

'이들 모두를 수용할 규모로 설계해서 보고해 줘.'

'6,793명 전부요?'

'넉넉하게 7,000명 수준으로 해. 지적장애와 신체장애가 구분된 교육을 감안해야겠지?'

'신체장애도 여러 종류인데요? 시각장애, 청각장애 그리고 지체부자유, 언어장애……!'

도로시의 말은 중간에 잘려야 했다.

'그래! 그것도 다 구분해서 설계하라고.'

'끄응~! 알았어요, 해볼게요.'

능력 좋은 도로시이니 뭔가 수를 내긴 할 것이다.

'인원이 많고, 여러모로 배려해야 하니까 교실이 상당히 많이 필요할 거야.'

'맞아요.'

'땅은 한정되어 있으니 조금 높게 지어.'

'그럴게요.'

'엘리베이터도 있어야겠지만 에스컬레이터나 무빙워크를 설치하는 것도 고려해.'

'그러고요?'

'화재 등 비상시를 감안한 안전조치가 필요하겠지?'

'또요!'

점점 더 세분화된 요구를 하자 도로시는 어디 한번 해보자는 듯한 대꾸를 한다.

'수영장, 강당, 체육관, 도서관, 주차장도 쉽게 접근할 수 있

도록 설계해.'

장애인을 위한 시설이니 당연하신 말씀이다.

'또 있으신가요?'

'멀리서 통학하는 학생들을 위한 스쿨버스와 학부모들의 승용차를 모두 주차할 수 있는 주차장도 필요하지.'

'스쿨버스 노선도 세분화해야겠죠?'

'당연하지. 참, 스쿨버스는 장애인들이 쉽게 오르내릴 수 있도록 설계해서 주문할 준비를 해둬.'

'상당히 많은 교사와 직원이 필요하겠군요.'

'그들의 주거지가 부족하면 옆의 땅도 사들여서 아파트를 지어. 아까 서울정진학교가 291명의 재학생과 170명의 교사와 교직원 등으로 구성되어 있다고 했지?'

'네! 그중 25명은 사회복무요원이에요. 이 인원을 빼면 교사 및 교직원 1명당 학생 2명꼴이에요.'

'그럼 학생 수 7,000명이면 교사 및 교직원 3,500명이 필요하다는 거네.'

'맞아요.'

'그럼 이 땅도 사서 교사용 아파트를 짓자.'

현수가 지목한 곳은 가칭 Y—특수학교 인근 주택가이며, Y—빌딩 건너편 블록 전체이다.

이 면적까지 합치면 마포구 신수동 땅의 절반 이상이 사유지가 되는 것이다.

'폐하께서 원하시는 대로 해볼게요.'

'장애인들을 폭행하거나 무시하는 사람은 교사 및 교직원으로 뽑으면 안 되는 거 알지?'

'에고, 그럼요! 걱정 마세요. 알아서 잘 뽑을게요. 그나저나 3,500세대를 지으려면……'

'기왕에 짓는 거니까 4,000세대 이상으로 해봐.'

순식간에 특수학교와 아파트 단지 세트가 계획되었다.

이는 말로만 끝날 일이 결코 아니다.

현수의 지시사항이니 부동산 매입 등이 일사천리로 진행될 예정이다.

'아파트 1~2층은 상가, 3~4층은 사무실로 해.'

'네! 주로 장애인 관련 상가나 사무실이 들어서겠네요.'

'그래! 그리고 지하 1층은 반지하로 조성하고, 각종 공방들이 들어설 수 있도록 하고.'

'공방이요? 무슨 공방을 말씀하시는 건지요?'

'목공예, 도자기, 가죽, 나무, 캔들 공방 등 종류가 많잖아.'

'아! 네에. 근데 그건 왜요?'

'장애인들이 취업할 수 있는 공방들이 있을 거 아냐. 졸업시키기만 하면 끝이 아니잖아.'

성인이 된 장애인 대부분은 아무런 직업 없이 집에만 머물고 있다. 하여 이들을 돌보기 위해 가족 중 하나는 집에 있어야 한다.

장애인에게 안정된 직업, 또는 안전한 장소를 제공하면 이들을 돌봐야 하는 가족들의 고충을 덜어줌과 동시에 경제적 이득까지 꾀할 수 있다.

그렇기에 공방 설치를 지시한 것이다.

'아! 네에, 알았어요. 알아볼게요.'

'장애인들을 돕는다는 취지니까 장애인 관련 사무실이나 공방은 임대료를 최대한 저렴하게 책정해.'

'네! 알겠어요.'

'그리고 장애인에게 필요한 각종 도구나 기구를 만드는 회사들에게 적당한 기술을 전수해 주고.'

'네? 미래 기술을 전수하라고요?'

미래 기술이 적용되면 현재 사용되는 의수, 의족, 의안, 보청기보다 훨씬 고품질인 것들이 만들어진다.

'내가 적당한, 이라고 했지? 너무 앞선 건 안 돼.'

'아! 그럼요! 그럼요. 알아서 할게요.'

'그래! 차근차근 이론과 기술을 익히도록 해줘.'

'좋아요! 근데 기술 전수 대신 지분은 약간 취할게요.'

장애인들로부터 폭리를 취할 수도 있으니 이를 적절히 제어할 정도의 지분을 챙길 요량인 것이다.

'응! 그건 도로시 재량에 맡길게.'

'네! 근데 학교법인 이름은 어떻게 해요? 학교법인 Y는 조금 이상하잖아요.'

'그게 뭐가 이상한데?'

'학교법인 Why로 들을 사람도 많을 거거든요. 학교법인 왜라고 하면 조금 이상하잖아요.'

'흐음! 그건 그렇겠다. 그럼 학교법인 하인스로 해.'

'넵! 그렇게 알고 일을 추진하겠어요.'

어린이집과 유치원, 초등학교의 명칭은 Y—어린이집, Y—유치원, Y—초등학교이다.

이 학교를 졸업하면 남자는 하인스 중?고등학교, 여자는 도로시 중?고등학교를 다니게 된다.

완공된 후 어린이집과 유치원은 매년 초가 되면 서로 입학하겠다고 난리법석을 떤다.

직원들 자녀가 입학하고 남는 자리를 다투는 것이다.

단연코 대한민국 최고의 시설과 선생님들을 갖춘 어린이집이고, 유치원인 때문일 것이다.

참고로, 이들에겐 소정의 수업료와 급식비를 받는다.

아이들을 보내놓고 불안해할 부모를 위해 인터넷으로 CCTV를 실시간으로 확인할 수 있도록 해놓는다.

사각지대라곤 화장실 칸막이 안쪽, 샤워실, 탈의실 등 개인 프라이버시가 존중되어야 할 곳뿐이다.

학부모는 아이와 교사의 일거수일투족을 속속들이 들여다볼 수 있을 것이다.

초등학교와 중학교도 입학 신청이 줄을 잇는다.

깔끔하고 세련된 교실에서, 인품이 제대로 갖춰진 교사로부터 수업을 받으니 왜 안 그렇겠는가!

게다가 교보재(敎補材)는 모두가 최상이고, 첨단이다. 급식은 개개인의 알레르기까지 고려되어 제공된다.

고등학교는 더하다.

수업을 빡세게 하는 것도 아니고, 야간 자율학습이나 석식이라는 어휘는 쓰지도 않는다. 당연히 0교시도 없다.

이 정도면 대학 보내는 걸 포기했느냐는 비아냥을 들을 만하다. 그럼에도 학부모들이 못 보내서 안달이다.

비싼 돈 내고 해외로 수학여행 가는 일이 없기 때문은 아니다. 별 탈 없이 고등학교를 졸업하면 Y─아카데미 또는 Y─메디컬 대학교로 진학하게 되거나 Y─그룹 직원이 될 기회를 얻으니 어찌 안 그렇겠는가!

욕심 사나운 학부모들이 신수동과 구수동 일대의 아파트를 알아보러 줄기차게 돌아다닌다.

그로 인해 8학군 주변 부동산 가격이 폭등했던 것 같은 현상이 빚어질 것 같지만 전혀 그러지 못한다.

매물이 지극히 드문 때문이다.

시세보다 2~3배나 높은 가격을 불러도 집을 팔거나 다른 동네로 이사하려는 사람이 없다.

학교 때문이기도 하지만 Y─빌딩에 들어선 상가 및 체육시설, 근린시설, 대형마트 때문인 것이 더 큰 이유이다.

저렴하고, 깨끗하며, 품질 좋고, 편리하다.

되도 않는 갑질을 하다 걸리면 아예 출입을 금지시키기에 이맛살을 찌푸릴 일이 없는 동네이다.

구수동이나 신수동을 떠나면 결코 얻지 못할 환경이다. 그렇기에 뜻을 이루는 학부모들이 극히 적은 것이다.

'그나저나 부동산을 조금 더 매입해도 될까요?'

'왜? 무슨 용도로?'

'폐하께서는 부동산 투기를 몹시 싫어하시잖아요.'

'그건 그래! 그래서 이실리프 제국에선 사유지라는 개념을 없애 버렸지.'

이실리프 제국의 모든 영토는 100% 국가 소유이다. 어떠한 경우에도 팔지 않으며 오로지 빌려서만 쓸 수 있다.

'근데 지금 여긴 아니거든요. 부동산으로 농간을 부리는 사람들이 너무 많아요. 그래서 그걸 적절히 억제할 정도의 부동산을 매입했으면 해서요.'

'그래? 그렇다면 도로시의 뜻대로 해봐. 난 찬성이야.'

이참에 부동산 투기를 뿌리 뽑으라는 뜻이다.

강남 3구에서 라돈 때문에 난리가 벌어지자 하락하기만 하던 다른 구의 부동산 가격이 일시적으로 주춤했다.

강남 3구와 분당에 살던 주민 일부가 다른 동네 아파트를 매입하려고 나섰기 때문이다.

강남 3구엔 약 40만 가구가 거주하고 있다.

이들 중 일부는 비자금과 은닉자금을 잃었지만 그렇지 않은 이들도 상당히 많다.

라돈으로 인한 폐암 공포가 번지자 약 20만 가구가 한꺼번에 다른 동네 아파트를 알아보러 다니기 시작했다.

이로 인해 다른 동네의 하락세가 멈춘 것이다.

이 와중에 시세차익을 노린 일부 부동산업자와 갭 투자자 등이 날뛰기 시작했다.

그런데 이런 꼴을 어찌 두고 보겠는가!

도로시는 모든 은행에 부동산 담보대출을 즉각 정지하도록 했다. 아울러 대출승계 불허를 통보했다.

다시 말해 부동산 소유자가 바뀌면 이전의 대출금 전액을 일시불로 상환토록 한 것이다. 따라서 이제부터는 부동산을 매입하려면 100% 현금이 있어야 한다.

부동산 가격이 나날이 떨어지고 있는 상황이었는지라 모든 은행들이 흔쾌히 이 지시에 따랐다.

2%대였던 부동산 담보대출 이자율이 7.5%로 올랐기에 은행의 손실은 예상보다 적다.

다만 부실채권이 많아졌을 뿐이다.

시가 20억 원으로 추산되어 80%인 16억 원을 대출해줬던 아파트가 3억 4천만 원짜리로 쪼그라들었다.

이렇게 되자 일부에서 상환능력이 있음에도 불구하고 대출

원금 및 이자 납입을 고의로 거부했다.

담보로 잡았던 아파트를 가져가라는 것이다.

문제는 세입자이다. 전세 혹은 월세로 들어와 있는 세입자들은 퇴거를 거부했다.

은행이 선순위 채권자라 해도 막무가내이다.

하긴 전세보증금이나 월세보증금을 한 푼도 건지지 못하는 상황이니 이해는 간다.

아파트를 담보로 대출받았던 집주인들에게 독촉장과 최고장을 보냈지만 대부분 잠적 내지는 무대응이다.

처음엔 한둘이 그러는가 싶더니 이내 집단적이 되었다. 강남의 모 아파트 단지는 40% 정도가 이런 상황이다.

상황을 지켜보던 도로시는 3개월 이상 연체되면 무조건 부실채권으로 분류하라고 지시하였다.

추후 대출금의 30% 수준에서 인수해준다는 조건이다.

현재 3억 4천만 원으로 쪼그라든 것을 나중에 4억 8천만 원에 매입해준다는 뜻이다.

은행 경영진들은 더 큰 손실을 입는 것보다는 낫다는 판단하고 적극적으로 협조하는 중이다.

그러는 동안 블랙리스트가 작성되고 있다.

국민 모두의 수입과 금융자산을 속속들이 알고 있기에 누가 상환의지는 있지만 갚을 능력이 부족한지, 누가 고의로 연체하고 있는지 즉시 파악된다.

돈 못 갚겠다고, 배 째라고 하는 놈들은 양심불량이다.

그렇다면 영원히 Y—그룹으로부터 혜택을 받지 못하게 하여야 한다. 그래서 명단 작성을 하는 중이다.

이는 강남 3구에서만 일어나는 일이 아니다.

통계청 자료에 의하면 서울엔 단독주택 33만 1,863호, 아파트 166만 5,922호, 연립주택 11만 4,352호, 다세대주택 72만 4,932호, 비거주용 건물 내 주택 2만 9,776호가 있다.

몽땅 다 합치면 286만 6,845호이다.

이 중 5%가 약간 넘는 15만 호 정도가 대출원금 및 이자납입을 고의로 거부하고 있다.

이 중 절반에 약간 못 미치는 43%는 비교적 부동산 가격이 비쌌던 강남 3구 집주인들이다.

현수는 대한민국의 모든 상장기업들에게 비업무용 및 비사업용 부동산의 보유 및 매입을 극도로 자제하라는 지시를 내린 바 있다.

상장사들은 당연히 이 지시에 순응하고 있다.

명을 어기면 그 즉시 경영진 전체를 물갈이하겠다는 엄포를 놓은 결과이다.

하여 아무리 싸도 매수세가 거의 없다.

도로시는 이런 상황에서 부동산을 매입해도 되겠느냐고 물었고, 현수로부터 허락을 받은 것이다.

대한민국은 현재 극심한 불경기인 상태이다.

IMF 구제금융 시절 못지않은 상황이기에 다들 전전긍긍하고 있다. 회사가 망했다는 소리를 들을까 봐 겁내는 중이다.

그런데 사원을 모집하는 회사가 있다.

Chapter 03
—
그거 상한 거 아닌가?

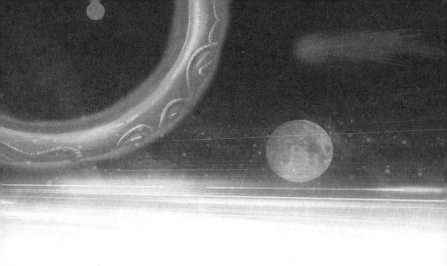

《 사원 모집 공고 》

당사는 아래와 같이 계약직 사원을 모집하고자 합니다.

◆ 시·도별 모집인원

◎ 서울특별시

공인중개사 자격증 소지자: 750명

고졸 이상인 자: 7,500명

◎ 부산, 대구, 인천, 광주, 대전, 울산광역시

공인중개사 자격증 소지자: 각 500명

고졸 이상인 자: 각 5,000명

◎ 경기도

공인중개사 자격증 소지자: 2,000명

고졸 이상인 자: 20,000명

◎ 강원도, 제주도

공인중개사 자격증 소지자: 각 1,000명

고졸 이상인 자: 각 10,000명

◎ 충청도, 전라도, 경상도

공인중개사 자격증 소지자: 각 1,500명

고졸 이상인 자: 각 15,000명

◆ 보수

공인중개사 자격증 소지자 : 연봉 3,600만 원

고졸 이상인 자 : 연봉 2,400만 원

◆ 자격요건 : 20~60세 대한민국 국민

◆ 계약기간 : 5년

◆ 근 무 지 : 현재의 거주지 일원

◆ 지원기간 : 금일 ～ 2016년 9월 23일까지

당사가 추진하는 부동산 관련 업무 종사를 원하는 분은 소정의 입사지원 양식을 채워서 제출하여 주시기 바랍니다.

입사지원 양식은 Y-Investment.com에서 무료로 다운로드받을 수 있으며, 온라인으로 제출하시면 됩니다.

사규에 따른 서류전형으로 합격자 발표를 합니다.

— 합격발표 : 2016년 9월 30일 당사 홈페이지
— 근무시작 : 2016년 10월 4일 월요일 오전 9시
— 급여지급 : 매월 말일 지정계좌로 지급
— 근무시간 : 주 5일 오전 9시 ～ 오후 5시
— 근무여건 : 업무용 차량 지원, 중식 제공

※ 공인중개사 자격증 소지자 및 고졸사원 공히 업무성과에 따른 별도의 수당이 지급됩니다.

※ 고등학교 졸업 이상인 학력이면 누구나 지원할 수 있습니다. 전문학사, 학사, 석사, 박사학위가 있더라도 가산점은 전혀 없습니다.

※ 국내에서만 활동하므로 토익이나 토플 등의 영어 성적은 100% 요구하지 않습니다. 다른 외국어도 마찬가지입니다.

※ 예비군 및 봉사경력이 긴 사람은 우대합니다. 단 종교시설에서의 봉사활동은 인정되지 않습니다.

※ 만기 근무자는 모두 정규직으로 전환되며, 향후 부동산 관리업무를 맡게 됩니다.

※ 자세한 내용은 입사 후 교육을 통해 알려 드립니다.

2016년 9월 7일
Y—인베스트먼트

다음과 네이버에 배너 광고가 뜨자마자 Y—인베스트먼트 홈페이지 접속 러시가 이어졌다.

불경기인 이때에 비록 계약직이긴 하지만 별다른 조건 없이 직원을 뽑는다니 구직자들의 관심을 끈 결과이다.

이 소문은 '요원(燎原)의 불길[5]'처럼 번졌다.

5년 후 모두 정규직으로 채용한다는 내용 때문인지 지원자 수가 급속도로 늘어났다.

—우와! 이거 진짜냐? 고졸 연봉이 정말 2,400만 원?

—9시 출근 5시 퇴근이면 하루에 8시간 근무?

—밥 먹는 시간 빼면 하루 7시간임

—월~금 근무니까 주당 35시간이네. 혜자다~!^^

—그럼, 한 달이 4.2주니까 월 147시간 근무임

—월 200만 원이면 시급이……?

—그건 님이 계산해 보셈. 난 무조건 지원임.

—2,000,000원 ÷ 147시간 = 시급 1만 3,605원

—괜찮네. PC방이나 편의점보다 훨씬 나음.

—근데 Y—인베스트먼트라는 회사 처음 봄!!!

—그러게. 한 번도 못 들어본 회산데. 중소기업 아닌가?

—공인중개사만 1만 2,250명. 고졸사원은 12만 2,500명을

5) 요원의 불길: 매우 빠르게 번지는 벌판의 불길이라는 뜻으로, 무서운 기세로 퍼져가는 세력 따위를 비유적으로 이르는 말.

뽑는데 중소기업? 돌았나?

―사원수 1,000명 이상이면 중견기업임.

―중견기업은 뭐임?

―중소기업과 대기업 사이에 있는 기업임

―매달 공인중개사 월급 367억 5,000만 원, 고졸사원 월급 2,450억 원을 줘야 하는데 중소기업이라고? 미쳤나?

―연봉 합계가 3조 3,810억 원이야.

―헐! 대, 대기업이닷닷닷^^

―어케, 이런 불경기에 13만 4,750명이나 뽑지?

―그러게. 혹시 기획부동산? 조심스럽게 추정해 봄.

―미친! 너는 기획부동산에서 고정급 주는 거 봤냐?

―울 엄마 공인중개사 자격증 있는데 지원하라고 할까?

―밑져야 본전임! 지원해 보삼.

―근데 공인중개사 급여는 좀 짠 거 아닌가?

―그러게 연봉 3,600이면 월 300인데 그건 쫌…….

―난 공인중개사인데 짜서 지원 안 한다.

―그래, 하지 마라. 난 자격증 놀고 있으니 지원한다.

―그나저나 전부 정규직으로 전환된다고? 이게 진짤까?

―레알? 10%라도 제발 전환해 주라!!!

―그러게! 만기하면 무조건 정규직이라니 까물치것다.

―이건 5년간 버티기만 하면 된다는 뜻?

―그럴 거야. 근데 얼마나 업무가 고되면 그럴까?

—그래도 정규직이 된다면 나는 한다!!

—방구석 폐인들은 계속 찌그러져 있어라.

—그래, 엉아는 지원했다.

—니들은 걍 게임이나 하고 있어. 여태 하던 그대로~!

웹사이트의 각종 게시판마다 댓글들이 우글우글하게 달리기 시작했다. 곧이어 지원자가 쇄도했다.

입사지원 서류가 도착하면 도로시는 그 즉시 지원자의 성별, 나이, 학력, 병역, 종교 등을 면밀히 따져본다.

가족 중에 에이프릴 증후군에 걸린 자가 있으면 무조건 탈락이다. 가족 중 특정종교 광신자가 있어도 탈락이다.

학창시절에 껌 좀 씹고, 침 좀 뱉어도 탈락이다. 폭력을 행사했거나 돈까지 빼앗았으면 블랙리스트에 올려 버린다.

병역 기피자 또는 병역 면탈을 위해 꼼수 부린 자 역시 탈락이고, 부동산 담보대출금을 갚지 않고 잠적 중인 가족이 있어도 당연히 탈락이다.

이중국적자 또한 조용히 탈락이다.

여성의 경우엔 군복무를 마친 예비역이 아니라면 봉사활동 경력을 확인한다. 대한민국 국민 모두의 데이터가 있으니 확인하는 건 그리 어렵지 않다.

이런 식으로 거르니 1,000장의 지원서 중 불과 9명 정도만 합격한다. 거의 100 : 1이나 마찬가지이다.

어쨌거나 합격자들은 대부분 남성이다.

공인중개사 자격증 소지자 12,250명 중 여성은 245명뿐이다. 모두 40~50대이며, 예비역이라는 공통점이 있다.

12만 2,500명의 고졸사원 중 12만 63명이 남성이다. 모두 병역필이다. 총인원 13만 4,750명 중 여성은 2,682명이다. 약 2%에 해당된다.

이들의 업무는 전국적으로 널리고 널려 있는 부동산을 매입하는 일이다.

시도에 따라 천차만별이지만 주거지의 경우는 대부분 이전 가격의 4분의 1 또는 6분의 1 수준으로 떨어진 상태이다.

더 떨어질 것이라는 예상이 우세하기에 빨리 못 팔아서 안달인 상황인지라 크게 어렵지 않은 업무이다.

서울시 25개구엔 구마다 공인중개사 30명과 고졸사원 300명이 근무할 사무실이 마련된다.

공인중개사 1명은 고졸사원 10명과 팀을 이룬다.

이들을 관리 감독하는 건 김승섭 변호사와 주효진 변호사가 잘 교육시킨 관리직 사원들이다.

서울시에 150명, 6개 광역시와 제주도에 각 100명씩, 경기, 강원, 충청, 전라, 경상도에는 각 200명씩 배치된다.

이 인원만 1,850명이다.

이들은 매주 월요일 오전에 도로시로부터 업무지시를 받는다. 매입할 부동산의 우선순위와 그것의 상한가, 적정 매입가

등이 기록된 것이다.

매물이 많다 하여 마구잡이로 사들이는 게 아니라 면밀한 검토에 따라 계획적으로 매입하려는 것이다.

예를 들어, 중구 필동의 상가 건물과 주택, 빌딩들이 포함된 블록 전체를 매입하려고 사원들이 투입되었다.

모두 100개의 건물이 있는데 이 중 하나라도 상한가를 제시했음에도 매각을 거절하면 일단 블록 전체를 매입 대상에서 제외한다.

값이 더 떨어질 것이 뻔한데 원래의 값을 고집하는 건물주를 배려해줄 마음은 없기 때문이다.

이런 곳은 사원들의 평점에 따라 가장 마지막으로 매입하는 블록이 될 수도 있고, 제시한 값보다 훨씬 싼 가격에 팔겠다고 달려들어도 거들떠보지도 않을 수도 있다.

제주도의 경우는 탄력적이다.

모든 부동산을 매입하는 것이 목표인지라 훨씬 적극적으로 달려들라고 한다.

지나인 등 외국인이 소유한 부동산을 회수하는 것이 최우선 과제이다. 다행인 것은 사드 배치로 지나인들의 발걸음이 딱 끊긴 상태라 매물이 엄청 많다는 것이다.

이뿐만 아니라 국유지와 공유지도 공격적으로 매입하라는 지시가 내려간다. 살 수만 있다면 한라산을 포함한 제주도 전체를 매입하는 것이 최종 목표이다.

어쨌거나 관리직 사원들은 공인중개사와 고졸사원들에게 매입 대상 부동산을 배당한다. 아울러 매입 우선순위와 적정 매입가를 알려주고, 매입되면 등기업무 등을 맡는다.

부동산 매입에 성공하면 공인중개사에겐 0.02%, 고졸사원에겐 0.1%의 성과수당이 지급된다.

예를 들어, 3억 원짜리 아파트를 매입하게 되면 공인중개사에겐 6만 원, 고졸사원에겐 30만 원이 지급된다.

도로시가 서울시에서 5년 안에 사들이려는 주거용 부동산만 215만 133건이다. 전체 주거용 부동산의 75%정도이다.

이뿐만 아니라 상가 건물 및 오피스 빌딩, 나대지, 임야, 전답 등도 가능한 많이 사들일 계획이다.

국유지와 공유지, 종교부지 등 일부를 제외한 거의 전부가 매입 대상이다.

하여 서울시에서만 최소 378만 건을 매입하려고 한다.

5년에 걸친 업무이니 1년에 75만 6,000건이고, 매월 6만 3,000건이다.

7,500명의 고졸사원들이 월평균 1인당 8.4건씩 실적을 올리면 된다. 일주일에 2건 정도이다.

사들인 부동산이 전부 3억 원짜리라고 하면 고졸사원은 급여 200만 원 이외에 성과수당 252만 원을 더 받는다.

월 452만 원이 수입이다.

3억이 아니라 100억 짜리 빌딩으로만 실적을 쌓는다면 급여 200만 원 이외에 8,400만 원의 성과수당을 지급받는다.

공인중개사는 휘하에 배치된 고졸사원 10명이 각각 3억 원짜리 8.4건씩 실적을 올리면 '월급 300만 원+성과수당 504만 원'을 받는다. 이때 월수입은 804만 원이다.

실제론 이보다 훨씬 많이 받게 될 것이다.

한 달 급여 300만 원이 적다고 지원하지 않았던 공인중개사들이 땅을 치며 후회하지만 추가채용은 없다.

중간에 그만두는 사람이 나와도 충원하지 않을 것이기 때문이다.

강남 3구의 아파트와 주택은 아주 천천히 뜸을 들여놓고 나서야 사들인다. 값을 더 떨어뜨리기 위함이다.

그중에서도 에이프릴 증후군 때문에 신음하는 연놈이 있는 집은 가장 나중이다.

부동산 가격이 떨어지고 떨어져서 연초의 9분의 1 내지 10분의 1 정도가 되었을 때쯤 사들인다. 30억 원 정도 되던 아파트가 3억 원쯤으로 떨어지면 살 생각인 것이다.

이중 블랙리스트에 등재된 자들은 부동산 매매대금이 은행에 입금되면 쥐도 새도 모르게 사라진다. 앞으론 은행 이자조차 받아먹을 수 없도록 할 생각인 것이다.

반면 강남 3구의 상가 건물과 오피스 빌딩 등은 제일 먼저 사들인다. 라돈으로 인한 폐암이 무서워서 탈주 러시가 시작된 상태라 빌딩마다 공실이 널리고 또 널린 상태이다.

외국인 대주주들의 명에 따라 상장회사들이 일제히 강남 3구를 탈출한 결과이다. 이들이 내놓은 사옥은 전부 Y-인베스트먼트에서 매입한다.

사옥을 팔고 나간 상장사들은 상대적으로 낙후되어 있던 도봉구, 노원구, 강서구, 구로구, 금천구에 둥지를 튼다.

임시 거처를 마련 후 신사옥을 건축하거나 매물로 나온 빌딩을 사들여 이주하는 것이다.

이 같은 엑소더스가 빚어지자 강남 3구의 빌딩들이 일제히 매물로 나왔다. 은행융자를 끼지 않은 건물이 거의 없기에 이자 부담이 버거워진 때문이다.

문제는 더 이상의 매수세가 없다는 것이다. 하여 강남 3구의 빌딩은 매일 매일 값이 뚝뚝 떨어지고 있다.

사무실들이 비워지자 유동인구가 대폭 줄어들었고, 자연스레 상가들도 뒤따라 문을 닫았다.

너무 장사가 안 되어 권리금마저 포기한 것이다.

백화점과 할인마트도 문을 닫았고, 주변 상가들은 거의 모두 철수하였으며, 각종 학원들마저 자취를 감추었다.

돈도 좋지만 라돈으로 인한 폐암이 더 무서웠던 결과이다.

이제 강남 3구는 결코 살기 좋은 동네라 할 수 없게 되었다. 길은 넓고, 집은 널찍할지 몰라도 서울시 25개 구 중 가장 집값이 저렴한 동네로 전락하기 시작한 것이다.

10분의 1 정도가 되면 그때 가서 팔리기 시작할 것이다.

도로시가 이런 결정을 내린 이유는 강남 3구에 거주한다는 이유 하나만으로 대놓고 다른 구(區) 사람들을 은근히 경시하는 싸가지 없는 인간들이 제법 많음을 알기 때문이다.

아무튼 강남 3구는 다른 구보다 폐암으로 인한 사망자가 훨씬 많다. 변형 캔서봇의 대단한 활약 덕분이다.

하여 라돈 공포는 좀처럼 수그러들지 않을 것이다.

관계 부처에서 연일 이상이 없다는 발표를 해도 믿지 않는다. 폐암으로 인한 사망자가 계속 발생하고 있기 때문이다.

게다가 죽는 이들이 나름 유명하기에 계속 인구(人口)에 회자(膾炙)[6] 된다. 죽음의 공포가 계속되는 것이다.

결국 서울시 주택의 75% 정도는 Y-인베스트먼트의 소유가 된다. 모두 단 한 푼의 은행 융자도 없는 부동산이다.

이것들은 결코 매각되지 않는다. 가격 상승으로 인한 차익을 노리려고 산 것이 아닌 때문이다.

노후 단독주택 단지 등은 일괄개발 후 아주 저렴한 가격에 임대한다.

32평 아파트는 보증금 320만 원에 월세 32만 원, 관리비

---

6) 인구에 회자: 사람들의 입맛에 맞는 회와 구운 고기라는 뜻 많은 사람들 입에 자주 오르내림을 이르는 말.

16만 원 정도가 될 것이다.

24평 연립주택은 보증금 240만 원에 월세 24만 원, 관리비 12만 원이고, 10평짜리 원룸은 보증금 100만 원에 월세 10만 원, 관리비 5만 원이다.

Y─그룹 직원이 아니니 조금씩 더 받는 것이다.

거주기간은 5년 단위로 5년씩 연장 가능하며, 최장 50년까지 가능하다.

처음 10년은 월세와 관리비 인상이 없다. 다만 월세 및 관리비를 3개월 이상 연체하면 즉각 퇴거하는 조건이다.

이후 10년 단위로 보증금 및 월세와 관리비 인상이나 하락이 있을 수 있다.

적어도 10년은 마음 편히 살라는 뜻이다.

다만 도로시가 작성하는 블랙리스트에 등재된 사람과 그 가족들은 이러한 혜택을 보지 못한다.

그들과는 임대계약 자체를 맺지 않을 것이기 때문이다.

어쨌거나 2억 원을 은행에 예치하면 년 800만 원의 이자를 받도록 할 것이다.

정기예금 금리를 연 4%로 올린다는 뜻이다.

기준금리를 1.25%로 정한 금통위[7]에서 지랄할 수도 있겠지만 그러거나 말거나이다.

─────────────

7) 금통위(금융통화위원회): 한국은행의 통화신용정책에 관한 주요 사항을 심의·의결하는 정책결정기구로서 한국은행 총재 및 부총재를 포함하여 총 7인의 위원으로 구성된다.

은행에서 자금이 필요하면 'The Bank of Emperor'에서 지원하면 된다. 한국은행 신세를 질 일이 없는 것이다.

아무튼 2억 원짜리 정기예금 1년 이자 800만 원 중 원천징수 되는 이자세 15.4%를 공제한 나머지 676만 8,000원을 12개월로 나누면 월 56만 4,000원이다.

32평 아파트 월세 32만 원, 관리비 16만 원을 내고도 8만 4,000원이 남는다. 원금 2억 원은 고스란히 남아 있다.

이쯤 되면 거액의 돈을 들여 집을 소유하는 것은 바보짓이 되어버린다.

이런 조치를 취하려는 이유는 대한민국의 고질병인 부동산 투기를 다시는 못하게 하려는 극약처방이다.

주택을 사들이면서 동시에 상가 건물과 오피스 빌딩 등 다른 종류의 부동산들도 매입하는 이유는 누군가 매입해 주지 않으면 줄도산이 예상되기 때문이다.

통계자료를 보면 2016년 현재 서울시 상가 건물의 평균 평당 연간 임대료는 60만 5,000원이다.

상가의 전용률은 대부분 50%이므로 전용면적 10평 규모의 커피숍을 운영하려면 20평을 임대하여야 한다.

따라서 20평 × 60만 5,000원 ÷ 12개월을 계산해 보면 매월 100만 8,333원의 임대료를 내야 한다.

관리비와 부가가치세는 별도이다.

서울시 평균이 이러하니 명동이나 강남, 그리고 역세권 중

심상가 인근은 훨씬 더 비싸다.

한국의 내수시장이 박살난 이유는 불경기도 한몫했지만 근본적 원인은 적은 수입 때문이다.

과거의 보수정권들은 부자와 재벌들의 편을 들어 신자유주의[8] 에 입각한 노동유연성[9] 을 부르짖었다.

이를 위한 외국인 노동자들이 대거 유입된 바 있다.

이로 말미암아 '인턴', '비정규직', '계약직', '파견직' 이라는 용어가 생기게 되었다. 일자리는 적은데 일하려는 사람들이 많아져서 생긴 용어이며, 제도이다.

그 결과 수요와 공급의 법칙에 따라 임금상승률이 물가상승률을 따라잡지 못하는 저임금 시대가 시작되었다.

이로 인해 청년실업은 더욱 늘어났고, 일류대학을 졸업해도 취업하기 힘든 세상이 되어버렸다.

누구나 치를 떠는 '헬—조선' 의 시작이다.

국민 대다수의 수입이 적어졌으니 당연히 소비여력도 줄어들었다. 가처분소득[10] 도 해가 갈수록 줄어들고 있다.

돈이 없으니 값싼 수입품을 찾게 되고, 이로 말미암아 수출

---

8) 신자유주의(Neoliberalism): 국가권력의 시장 개입을 비판하고 시장의 기능과 민간의 자유로운 활동을 중시하는 이론.

9) 노동유연성(Labor Flexibility): 경기 상승이나 침체 등 노동수요의 변화를 가져오는 외부 환경 변화에 대응하여 인적자원이 신속하고도 효율적으로 배분 또는 재배분 되는 노동시장의 능력.

10) 가처분소득(可處分所得): 가계의 수입 중 소비와 저축 등으로 소비할 수 있는 소득. 총 소득에서 세금이나 건강보험료 등 비소비 지출을 제하고 남아 저축에 쓸 수 있는 금액이다.

과 관련 없는 내수기업들은 망해가고 있다.

보수정권들이 수출경쟁력을 키운다는 미명하에 내수시장을 포기한 결과이다.

부동산 가격이 오를 때에는 그나마 가처분소득이라도 있어서 임금인상률이 낮아도 경제 붕괴의 우려가 적었다.

현재는 부동산 가격이 폭락했다. 반대로 은행 대출금리는 왕창 올랐다.

미국의 '서브프라임 모기지론 사태'도 이래서 일어났다. 그 결과 절대 망할 것 같지 않던 리먼 브라더스[11]가 망했다.

한국의 은행들도 모두 망해야 하는 상황이다.

그런데 멀쩡하다. 이는 몇 가지 요인이 있기 때문이다.

한국 경제가 위기에 빠졌지만 그마나 다행인 것은 외국의 투기자본들이 뜯어먹을 거리가 전혀 없다는 것이다.

대한민국의 상장기업 거의 모두 현수의 소유가 되었다. 하여 코스피나 코스닥은 완전히 개장휴업인 상태이다.

거래량 자체가 거의 없다.

따라서 외국의 투기자본들이 주식시장에서 장난질을 칠 방법이 전혀 없다.

현재 우리은행, 기업은행 등 정부가 가지고 있던 은행지분은 몽땅 Y-인베스트먼트가 인수한 상태이다.

외국 자본이 썰물처럼 빠져 제2의 외환위기가 걱정될 정도

11) 리먼 브라더스(Lehman Brothers): 2007년부터 불거진 부동산가격 하락에 따른 담보대출 부실사태로 파산한 글로벌 투자은행.

로 외환보유고가 바닥났을 때 달러화로 사들인 것이다.

이렇듯 은행 모두를 현수가 소유했기에 부동산의 가치가 폭락하고, 대출금리가 올랐어도 미국이 겪었던 서브프라임 모기지론 사태 같은 일이 벌어지지 않고 있는 것이다.

에이프릴 중후군 덕분에 외국인들의 발길이 완전히 멈춘 덕분이기도 하다.

어쨌거나 현수는 현재의 상가의 임대료가 과하다는 생각이다. 소상공인들이 살아나야 경제도 나아지기는 하지만 그렇다 하여 돈을 마구 뿌릴 수는 없다.

하여 생각해낸 것이 매물로 나온 상가 건물과 오피스 빌딩을 왕창 사들여 임대료를 깎아주는 것이다.

시장 지배력이 생길 정도로 부동산이 확보되면 임대료를 4분의 1 내지 5분의 1 정도로 깎아줄 생각이다.

전용면적 10평짜리 커피숍을 운영하는데 월 100만 8,333원의 임대료를 내야 했는데 이를 20~25만 원 수준으로 줄여주려는 것이다.

상가의 임대기간은 5년 보장이고, 임차인이 원할 경우 추가로 5년을 더 연장할 수 있다.

적어도 10년 동안은 임대료나 보증금 인상 없이 마음 편하게 장사할 수 있는 것이다.

이후로도 계약기간을 5년 단위로 연장할 수는 있지만 이때는 임대보증금과 임대료 및 관리비가 인상될 수 있다.

장사가 안 돼서 임대계약을 끝내는 것도 현재와는 사뭇 다르다. 임대계약을 끝내려고 하는 날로부터 2개월 이내에 통보하면 별도의 보상 없이 계약을 해지할 수 있다.

당연히 원상복구의 의무가 있다. 그래도 상가를 빌려서 장사하는 사람들에게 지극히 유리한 제도이다.

자식이나 친척에게 계약을 물려줄 수는 있지만 완전한 타인에게 넘기면서 권리금을 받는 건 인정하지 않는다.

권리금이란 제도 자체를 없애려는 의도이다.

건물이 낡아서 재건축을 하고자 할 경우엔 즉시 비워주어야 하며, 동종 건물이 다시 들어설 경우엔 우선 계약권을 주어 다시 장사할 수 있도록 한다.

새로 건물을 짓더라도 임대료는 전과 동일하다.

건물주라 하여 손 하나 까딱하지 않으면서 많은 돈을 벌어들이는 현재의 행태를 바꾸기 위함이다.

다시 말해 일부 건물주의 불로소득 규모를 대폭 줄이기 위해 상가건물과 빌딩들을 집중적으로 사들이려는 것이다.

어쨌거나 계약기간인 5년이 지나면 1만 2,250명의 공인중개사들은 임대계약을 주관하는 관리직 사원으로 전환된다.

연봉 7,800만 원인 과장에서 시작한다.

12만 2,500명인 고졸사원들은 소정의 기술교육을 받은 후주택 유지보수 업무를 맡는다.

이들 모두 연봉 6,600만 원인 대리가 된다.

정규직 전환과 동시에 이들 13만 4,750명 모두 주거가 제공된다. 물론 주거용 부동산을 보유하거나 새로 구입하면 대상에서 제외된다.

도로시의 최종 목표는 대한민국의 국·공유지를 제외한 사유지의 75% 이상을 매입하는 것이다.

주택, 상가, 건물, 전답, 임야 등 모든 종류가 그러하다.

부동산이 재산 증식의 수단이 되거나 불로소득을 올릴 수 있는 걸 원천적으로 차단하기 위함이다.

이를 위해 상당한 인력이 필요한 것이다.

이 내용은 현수의 뜻을 충분히 짐작하는 도로시가 계획하고 진행하는 일이다.

라돈 사태 등이 벌어지기 전 서울특별시 아파트 시가총액은 749조 7,000억 원으로 추정되었다.

전년 대비 8.5%나 상승한 것이다.

기준금리가 겨우 1.25%인데 1년 새에 그것의 6.8배나 오른 것이다. 이러니 빚을 내서라도 부동산 투기를 한 것이다.

현재는 137조 원 정도로 쪼그라든 상태이다.

현수가 오기 직전의 대한민국 아파트 전체의 시가총액은 2,187조 원 정도였다. 현재는 왕창 폭락해서 500조 원 정도이다. 약 73%가 폭락한 것이다.

The Bank of Emperor가 보유하고 있는 금액은 185조 달

러가 넘는다. 무려 21경 7,500조 원 정도이고, 매일매일 늘어나고 있다.

이것의 1년 이자는 3,260조 원을 훌쩍 넘긴다.

매년 대한민국의 아파트를 몽땅 다 사고, 5,000만 국민 모두에게 1인당 5,500만 원씩 줄 수 있는 금액이다.

따라서 닥치는 대로 부동산을 매입해도 원금은 결코 줄지 않을 것이다. 그리고 그렇게 놀 도로시가 아니다.

이제 대한민국의 고질병인 부동산 투기와 아파트 값 담합 같은 일은 일어나기 힘들게 될 것이다.

일부 지극히 비상식적이고, 싸가지 없는 인간들은 Y—인베스트먼트로부터 거처를 임대하기 힘들다.

고의적으로 배척할 것이기 때문이다.

아울러 조물주 위의 건물주라는 말은 사라진다. 임대소득을 불로소득으로 간주하는 현수의 생각 때문이다.

기왕 나선 김에 대한민국의 교육계도 한번 뒤집어볼 생각이다.

적당한 곳에 어린이집과 유치원을 충분히 건립하면 된다.

서울시에는 459개 법정동이 있다.

각 동마다 정원 100명인 어린이집 5곳과 유치원 2곳을 세우면 각각 22만 9,500명과 9만 1,800명을 수용할 수 있다.

국·공립 어린이집과 유치원이 있으니 현재 사립어린이집과 사립유치원의 영유아와 유치원생 전부를 받아줄 수 있다.

사전에 인성 등을 충분히 검증한 교사와 직원들을 육성하고, 그들에게 충분한 대우를 해준다면 몇 가지 긍정적인 효과를 노릴 수 있다.

　첫째, 부모의 양육비 및 교육비 부담을 덜어줘서 출산율 저하를 저지할 수 있다.

　둘째, 충분한 보수를 제공하는 안정된 일자리가 왕창 생기고, 직장 만족도를 높임으로써 이직률을 대폭 낮출 수 있어 영유아 및 원아들의 심리적 안정을 유도할 수 있다.

　셋째, 맞벌이 부부의 자녀는 오후 늦게까지 아이들을 돌봐줌으로서 부모의 사회활동을 지원하게 된다.

　넷째, 현재 사립 어린이집과 사립 유치원으로 인한 폐해가 모조리 사라진다.

　돈을 목적으로 한 사업이 아니기 때문이다. 하여 정부지원금 이외에 최소한의 원비만 받을 계획이다.

Chapter 04
—
파동치료기 어따 쓰지?!

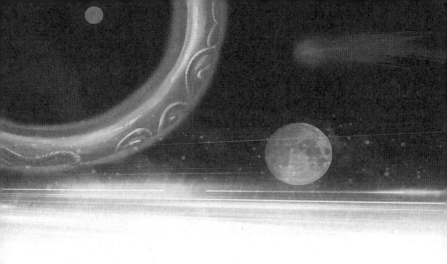

　어린이집과 유치원 문제를 해결하는 동안 이미 폐교되었거나 곧 폐교될 전문대학 및 대학교들을 인수한다.

　새 단장이 되면 모두 'Y—아카데미' 간판을 단다. 일류, 이류, 삼류를 따지는 못된 습성을 없애기 위함이다.

　Y—아카데미는 교육부로부터 인가받은 대학교가 아니다.

　따라서 학생부 성적이나 수능성적과 관계없이 입학 가능하다. 입학사정은 Y—그룹 입사규정에 준한다.

　다시 말해 현수가 정한 기준에 부합하지 못하면 아무리 공부를 잘해도 안 뽑겠다는 뜻이다.

　서류전형을 통해 특정종교 광신자, 특정사이트 회원, 친일파 및 반민족행위자들의 자손이 가장 먼저 걸러진다.

다음으로 학창시절 왕따 주동자나 폭력행위에 연루되었어도 걸러낸다. 에이프릴 증후군을 겪는 가족이 있으면 당연히 입학 불허이다.

도로시가 국민 모두에 대한 데이터를 가지고 있기에 속이고 싶어도 그럴 수 없을 것이다.

여기까지가 서류전형 과정이다.

다음은 인성이 좋지 않은 자들을 걸러내는 면접 과정이다.

입학 지원자는 언제나 진실만을 말하게 하는 의자 위에 앉아 면접관을 만나게 된다.

이걸 통과해야 입학시험을 치를 수 있다.

아예 공부를 하나도 안 했던 녀석들은 뽑을 생각이 없는 것이다. 그건 낭비이기 때문이다.

시험과목은 국어와 국사, 그리고 윤리와 수학이다.

국어, 국사는 국민으로서 당연히 알아야 할 내용이고, 윤리는 제대로 된 정신 상태인가를 확인하는 것이다.

수학이 시험 과목 중 하나인 이유는 Y—아카데미가 과학과 공학 계통에 주력하기 때문이다.

시험문제의 출제 범위는 중학교 2학년 과정까지이다.

다시 말해 집합, 미분, 적분, 수열, 순열, 조합, 벡터 등 고등수학을 하나도 몰라도 풀 수 있다. 뒤늦게 정신 차리고 공부하려는 녀석들에게 기회를 주기 위함이다.

문제의 난이도는 그리 어렵지 않다. 기본적인 내용을 알고 있는지 여부를 확인하는 정도이다.

다음은 입학 후의 수업 과정이다.

1학년	1학기	중1수학	국사, 세계사
	2학기	중2수학	물리, 생물
2학년	1학기	중3수학	화학, 지구과학
	2학기	고1수학	물리, 생물
3학년	1학기	수학 I	화학, 지구과학
	2학기	수학 II	전공
4학년	1학기	대학수학 I	전공
	2학기	대학수학 II	전공

다시 배우는 중·고등학교 과정의 수학은 기초부터 심화과정까지 모두 포함되어 있다. 원리를 모두 깨우쳐야 해결할 수 있는 높은 수준까지 교육한다.

국사와 세계사는 사전에 공부해온 내용을 토대로 한 토론식 수업이다. 예를 들어, 고구려나 고려 시절의 유럽과 이집트, 남아메리카는 어땠는지를 배우게 된다.

물리, 화학, 생물, 지구과학 역시 중·고등학교 과정을 다시 배운 후 심화과정을 수업한다.

3학년 1학기까지는 학기당 달랑 3과목 수업만 하므로 기초를 단단히 다지는 수업이 될 것이다.

3학년 2학기부터는 본격적으로 전공 공부를 하게 된다.

이론 수업도 병행하지만 실무 위주 수업이다. 곧바로 현장에 투입해도 버벅거리지 않은 정도로 실험실습이 많다.

외국어로 출판된 원서들은 도로시가 우리말로 바꾼 번역본으로 공부하면 된다. 외국어로 된 동영상은 동시통역기를 사용하면 모두 이해할 수 있으니 외국어 수업이 필요 없다.

그럼에도 영어, 불어, 독어, 이태리어, 스페인어, 라틴어 등 외국어를 배우려고 하면 따로 수강신청을 하면 된다.

다만, 일본어와 지나어 수업은 없다. 굳이 배워둘 가치가 없는 언어라 판단하여 제외된 때문이다.

2016년 현재 서울의 공과대학 등록금은 다음과 같다.

서울시립대학교	270만 1,000원
서울대학교	601만 9,000원
한국외국어대학교	843만 7,000원
경희대학교	858만 0,000원
중앙대학교	903만 6,000원
성균관대학교	911만 4,000원
숙명여자대학교	919만 4,000원
한양대학교	926만 0,000원
연세대학교	928만 9,400원
이화여자대학교	936만 8,000원
서강대학교	938만 6,200원
고려대학교	968만 0,000원

이 표는 모두 본교 공과대학의 '1년치 등록금' 이다.

서울시립대학교와 서울대학교를 제외한 나머지 대학교 대부분이 1년에 1,000만 원에 가까운 등록금을 받는다.

학생이 학교를 다니려면 교통비와 식비도 필요하고, 기숙사비나 하숙비 및 기타 잡비와 용돈도 필요하다.

따라서 자녀 하나가 4년제 대학을 졸업하는 데 드는 경제적 부담은 결코 적다고 할 수 없다.

Y—아카데미는 Y—그룹 산하기구이며, 그룹에서 필요로 하는 각종 인재를 양성하기 위한 곳이다.

하여 후생복지 차원에서 임직원 본인 및 자녀로부터는 단한 푼의 등록금과 기숙사비를 받지 않는다.

다만, Y—그룹과 아무런 관련도 없는 학생에게까지 무상 혜택을 주지는 않는다. 그렇다 하여 현재의 대학교들과 같은 수준의 등록금을 요구하지는 않는다.

성취도	학기당 등록금	학기당 기숙사비
상위 10%	면 제	면 제
상위 20%	20만 원	20만 원
상위 40%	40만 원	40만 원
상위 60%	60만 원	60만 원
상위 80%	80만 원	80만 원
하위 20%	100만 원	100만 원

공부 안 하고 놀기만 하면 1년치 등록금이 200만 원이고,

기숙사비 또한 200만 원이다.

임직원 자녀라 하더라도 하위 20%에 속하면 즉시 무상혜택 대상에서 제외된다.

배우고자 입학했음에도 본연의 목적을 잃었으니 자퇴를 하든지 돈을 내고 다니라는 뜻이다.

반면, 열심히 공부한 상위 10%는 모두 면제이다.

아울러 상위 20%까지는 졸업 후 Y−그룹에 무시험 특채된다. 나머지는 소정의 입사시험을 치러야 한다.

참고로, 기숙사는 원하는 학생 모두에게 배정될 만큼 충분히 조성될 것이며, 100% 1인실이다.

샤워 가능한 화장실, 냉장고, 싱크대, 세탁기, 전자레인지, 침대, 책상, 옷장이 있는 실면적 10평짜리 원룸이다.

베란다의 크기는 약 2.5평이다.

각층마다 조별학습이나 조별과제 수행에 필요한 크기의 세미나실과 휴게실 등이 갖춰진다.

성취도에 따라 등록금이 다르므로 학부모들은 고지서를 보면 자녀가 학업을 게을리하고 있는지 여부를 직관적으로 알 수 있을 것이다.

임직원이나 임직원 자녀들에게도 등록금 고지서는 발송된다. 어느 정도의 성취를 이루고 있는지 확인하라는 의미이다.

물론 등록금 면제라는 표시가 기록된 상태이다.

학교식당의 메뉴는 계절마다 조금씩 바뀌는데 늘 10~15가지 정도를 유지하며 끼니당 1,500원 수준이다.

학생들 입에서 '우와~! 이건 진짜 혜자스럽다' 라는 말이 저절로 나올 정도로 푸짐하고, 영양가 높으며, 정갈하고, 맛있으며, 신선한 음식들이 제공된다.

이쯤 되면 자녀를 Y-아카데미에 보내는 것이 큰 부담이 되지는 않을 것이다.

수능성적은 물론이고, 중·고등학교 시절의 성적을 전혀 보지 않는 입학사정, 그 어느 대학보다도 저렴한 등록금과 기숙사비이다.

이 정도만으로도 대학가 전체에 경종을 울리는 일이다. 입학 지원자가 상당히 많이 줄어들 것이기 때문이다.

여기에 독특한 교직원 제도가 대학가를 강타한다.

Y-아카데미에는 여느 대학과 같은 조교, 시간강사, 전임강사, 조교수, 부교수, 정교수, 석좌교수[12] 시스템이 없다.

오로지 조교와 교수뿐이다.

그리고 교내 청소를 담당하는 아주머니와 학교식당 주방 아주머니, 수위, 경비원 등도 몽땅 다 정규직이다.

사번이 주어지면 Y-그룹에 속하게 되니 꽤 괜찮은 주거지까지 제공된다.

재직기간 내내 무료이고, 25년 이상 재직한다면 배우자 사망 시까지 계속 무료로 사용할 수 있다.

12) 석좌교수(碩座教授): 기업이나 개인이 기부한 기금을 받아 연구에 전념할 수 있도록 대학에서 지정한 교수.

타 재학에 속해 있는 조교와 강사는 물론이고, 교수들까지 모두 다 술렁일 만한 후생복지이다.

이 정도면 대한민국의 대학가가 약간은 정화될 것이다.

특정 중학교와 고등학교에 심각한 문제가 있다고 판단되면 고사(枯死)시킬 수도 있다.

예를 들어, 비리를 저지르고도 반성하지 않는 학교가 있으면 그 학교 졸업생의 Y—아카데미 입학 불허와 Y—그룹 취업 제한을 공표한다.

아울러 모든 상장사에서 취업을 거부하겠다고 하면 학부모들이 나서서 그 학교 관계자들을 징치할 것이다.

그럼에도 고쳐지지 않으면 인근에 새로운 학교를 세워 그 학교 스스로 폐교를 원하도록 한다.

문제를 일으킨 원흉은 당연히 블랙리스트에 올라 고생 좀 하게 될 것이다.

*   *   *

"이보게, 김 전무!"

"네! 회장님."

"자네가 여기 올 때 비행기 안에서 준 거 말이네."

현수는 비행기 안에서 이연서 회장과 신형섭 사장에게 엘릭서 화이트 4분의 1병씩을 선사했다.

마시기 쉽도록 물과 섞어놨으니 농도 25%짜리 엘릭서 블루(E-B)이다. 신체의 모든 질병은 물론이고, 3기 암도 불과 며칠만에 완치시키는 효능이 있다.

  둘 다 나이가 들면서 신체 기능이 떨어지고, 혈압이 높으며, 고지혈증이 있고, 당화혈색소 수치가 높을 뿐이었다.

  질병이 걸린 상태가 아니므로 엘릭서 블루 정도면 충분하다 판단한 것이다.

  덕분에 둘이 수명은 각각 125세 정도로 늘어났다. 아울러 겉으로 표 나지 않는 질병이 있었다면 모두 나았을 것이다.

  진즉에 둘에게 클린봇과 캔서봇을 투여한 바 있으니 앞으로는 아주 건강한 삶을 살게 될 것이다.

  "네, 말씀하십시오."

  "그거 대체 뭔가?"

  "네? 뭐라니요? 건강에 좋아지는 거라고 말씀드렸……."

  현수는 채 말을 끝맺을 수 없었다. 심각한 표정의 이 회장 때문이다.

  "근데 그게 아무래도 좀 이상허이."

  "네? 이상해요? 뭐가 이상한지요?"

  "그걸 먹은 다음 날부터 자고 일어나면 코를 찌르는 악취가 나네. 내 몸에서……."

  "아! 그거요? 그건……."

  현수의 말은 또 중간에 잘렸다.

"자네가 몸에 좋다 해서 믿고 먹기는 했는데 그거 혹시 상한 거 아닌가?"

"네에……? 상해요?"

엘릭서를 복용한 사람의 반응으론 역사상 최악이다. 이 회장의 위장으로 들어간 엘릭서가 통곡할 소리이다.

2,961년을 살면서 엘릭서가 상한 거 아니냐는 이야기는 정녕 처음 듣는 이야기이다. 상하게 하고 싶어도 그럴 수 없는 물질이라는 게 널리 알려진 진리이기 때문이다.

현수는 대체 무슨 소리냐는 표정을 지었다.

"그걸 먹고 몸이 조금 가뿐해진 것 같기는 한데 자꾸 꾸리꾸리한 냄새가 나네. 그제는 샤워만 열 번쯤 했고, 어제는 아예 욕조에서 잤네."

씻어도 냄새가 나는 것 같자 아예 따뜻한 물속에 담가져 있었다는 말이다.

"아! 그러셨어요?"

"그렇네, 아침에 일어나서 화장실엘 들어갔는데 물에서 어찌나 더러운 냄새가 나던지… 꾸리꾸리하고, 비릿한 냄새 때문에 욕조 청소를 했네. 창문 다 열어놓고. 어휴~!"

생각만 해도 끔찍하다는 것이며, 재벌 회장임에도 화장실 청소를 직접 했다고 투덜대는 것이다.

그러지 않았다면 객실 청소원(Room Attendance)이 욕조에 똥 싸놓는 놈도 있다며 투덜거렸을 것이다.

"아! 그러셨군요."

"그러니 혹시 상한 걸 잘못 준 건 아닌지 확인 좀 해주게."

나름 간곡하게 표현했다는 표정이다. 하지만 현수의 반응은 즉각적이며 단호했다.

"확인하고 말고 할 게 아니니 걱정 마세요. 그건 절대로 안 상하는 물질이거든요."

"응? 그게 상한 게 아니라고?"

"네! 냄새가 나는 건 약효가 발휘되어 회장님 체내의 노폐물들이 배출되는 현상이에요. 사람에 따라 차이가 있는데 사흘에서 일주일 정도면 다 배출됩니다."

"아…! 그런가? 난 그런 줄도 모르고…, 자네가 귀한 걸 줬는데 상한 걸로 오해를 해서 미안허이."

현수의 말이 진심이라 받아들인 듯하다.

"아뇨! 괜찮습니다. 괘념치 마세요. 미리 설명을 못 드린 제 실수입니다. 혹시 신 사장님도 같다고 하시던가요?"

성대한 계약식이 끝난 후 천지건설에선 아제르바이잔 주요 인사들을 초청하여 리셉션을 베풀었다.

아직은 몸이 불편한 일함 알리예프 대통령까지 얼굴을 비춰 아주 성대하게 잘 치러졌다.

신 사장은 너무 긴장해서 그런지 몸살 기운이 있다면서 일찍 객실로 갔고, 이 회장은 그보다 먼저 객실로 향했다.

있어봤자 통역을 낀 대화를 해야 하는데 아제르바이잔어를 영어로 통역하는 정도이다.

둘 다 영어를 잘하기는 하지만 통역을 끼면 상대의 진심이 그대로 전달되지 못한다.

하여 이런저런 핑계를 대고 먼저 사라진 것이다.

그리고는 곧장 샤워를 하거나 욕조 속으로 들어갔다.

향수를 뿌려도 코끝을 간질이는 꾸리꾸리한 냄새가 내내 신경 쓰인 때문이다.

*   *   *

둘은 사라졌지만 현수는 천지건설 전무이사 겸 Y−인베스트먼트 대표이사 자격으로 끝까지 자리에 머물렀다.

덕분에 이 사람 저 사람과 제법 많은 술잔을 기울였다. 주는 술잔은 마다하지 않았고, 받은 잔은 꼭 돌려주었다.

그랬더니 아제르바이잔의 장관 및 차관 등 정부 고위 인사들이 먼저 취해버렸다.

끝까지 곁을 지키겠다고 고집을 부리던 김지윤과 조인경도 12시쯤 피곤에 지친 얼굴이 되어 객실로 갔다.

현수는 슈퍼마스터의 신체이기에 멀쩡한 상태이다.

술을 마시면 알코올을 독으로 인식하여 곧장 분해해 버리기 때문이다.

열흘 붉은 꽃은 없고, 끝나지 않는 잔치는 없는 법이다.

밤늦도록 계속된 음주와 가무는 결국 새벽 2시경에 파장되었다. 아제르바이잔 고위 인사들 거의 모두 비서의 부축을 받고 귀가했다. 다들 대취(大醉) 상태였다.

현수는 이후로도 오랫동안 상황을 마무리하고서야 객실로 돌아왔다.

샤워를 하고 차 한 잔을 마시곤 잠시 자리에 누웠다. 기다렸다는 듯 도로시에 의해 꿈나라로 향했다.

그러고는 여느 날과 마찬가지로 아침 6시경에 눈을 떴다.

요즘엔 정통의학 이외에 무수히 시도되었던 각종 의료행위에 대한 자료가 뇌리에 새겨지고 있다.

아침에 눈을 뜬 현수는 고요히 앉아 마나심법을 운용하면서 피식 실소 지었다.

'진동과 주파수? 파동치료기? 재미있네.'

오늘 새벽, 현수의 뇌리에 각인된 의료이론은 특정주파수가 인간의 정신과 몸에 영향을 끼친다는 것이다.

432Hz와 528Hz이다.

432Hz는 수학적으로 조율되어 자연과 가장 일치되는 소리이다. 그래서 이 주파수에 기초한 음악은 인간의 몸에 유익한 치유효과를 가진다.

과거의 교향곡과 클래식 작곡을 위한 기준음은 432Hz였다. 모차르트, 바흐, 쇼팽, 베토벤, 슈베르트 등 위대한 작곡가들의 곡이 아직도 사랑받는 이유 중 하나일 것이다.

클래식 음악을 들으면 괜스레 마음이 편해지는 느낌이 든다. 자연과 일치하는 주파수와 관련 있기 때문이다.

한편, 528Hz는 DNA의 복구와 관련이 있다. 이 주파수는 인간의 몸을 자연과 공명(共鳴)하게 한다.

DNA는 디옥시리보핵산(Deoxyribo Nucleic Acid)의 약자로 염색체를 형성하며, 유전자의 분체를 이루는 물질이다.

어쨌거나 432Hz와 528Hz는 정신과 육체를 치유하는 기능이 있다는 것이다.

미국의 저명한 미생물학자 로얄 레이몬드 라이프(Royal Raymond Rife)는 자신이 개발한 광학현미경을 통해 최초로 암(癌) 바이러스를 발견했다고 주장했다.

배양된 바이러스가 모르모트 400마리에 투입되자 곧장 감염된 것을 확인했고, 뒤이어 이들 암 바이러스를 파괴하는 전자기적 주파수를 찾아냈다.

라이프 박사는 이런 원리로 암 바이러스를 퇴치하는 에너지 방사(放射)기계를 개발해 냈다.

주파수 발생기(Frequency generator)라는 것이다.

1934년에 특별의료위원회(Special medical Committee)가 지정한 남부 캘리포니아 대학에서 말기암 환자 16명에 대한 임상실험이 실시되었다.

그 결과 14명은 3개월 이내에 완치됐고, 나머지 2명도 그로부터 1개월 이내에 모두 완치되었다.

연구에 연구를 거듭한 라이프 박사는 모든 생물체에게 고유의 분자진동패턴이 있으며, 이에 대응하는 주파수를 찾아내면 어떠한 질병이라도 치료할 수 있다고 주장했다.

이 같은 사실이 발표된 뒤 라이프 박사와 그 동료들은 중상과 모략, 그리고 협박과 테러에 시달렸다.

결국 라이프와 그의 동료들은 모두 의문의 사고 또는 화재로 목숨을 잃었다. 아울러 연구실도 몽땅 소실되어 버렸다.

누가 이런 짓을 저질렀는지는 끝내 밝혀지지 않았다.

제약회사와 약사협회 및 의사협회가 의심되었지만 2차 세계대전이 발발하면서 잊혀지게 되었다.

어찌 되었건 라이프와 그 동료들의 연구는 인체에 유익한 주파수가 있다는 사실을 찾아낸 것이다.

그런데 모든 주파수가 인간에게 적합한 것은 아니다.

예를 들어, 440Hz는 인간의 몸과 공명하지 않으며, 자연 어디에서도 찾을 수 없는 부자연스러운 음이다.

이걸 어떻게 알았는지 2차 세계대전 당시 나치 독일의 선전부 장관 요제프 괴벨스(Joseph Goebhels)가 기존의 오리지널 음계를 432Hz에서 440Hz로 바꿨다.

대중을 통제 아래에 둠과 동시에 창의성과 감정을 억제하려 했던 모양이다.

그런데 전쟁 이후 미국의 록펠러재단의 의해 음악의 공식적인 기준음이 440Hz로 바뀌었다. 그래서 현대 음악이 노인들의 귀에 거슬리는 것은 아닌가 싶다.

어쨌거나 록펠러 재단이 어떤 의도로 기준음을 바꿨는지 아직은 밝혀진 바 없다.

'도로시! 지현에게의 기준음 주파수는 얼마지?'

'432Hz예요.'

'첫 만남은?'

'그것도 432Hz죠.'

두 곡 모두 상당한 치유 효과가 있다. 그리고 듣는 이의 마음을 편하게 해주는 효과도 있다.

현수가 5중창으로 부른 것과 다이안을 통해 발표된 것 모두 도로시가 만들어준 MR이 사용되었다.

기준음 432Hz로 녹음되어 발매된 것이다. 그렇기에 대중의 사랑을 받는 모양이다.

'파동치료기 설계도는 있어?'

'그거 만드시려고요? 그럼 지금 부품으로 만들 수 있는 걸로 보여 드릴게요.'

'그래? 다른 것도 있는 거야?'

'네! 지구에 없는 원소가 필요한 것도 있어요.'

만능제작기가 있어도 못 만든다는 뜻이다.

지금은 해왕성이나 명왕성 혹은 그보다 먼 우주에서 원료를 채취할 수 없기 때문이다.

'알았어, 보여줘!'

말 떨어지기 무섭게 눈앞에 도면 하나가 보인다.

생각보다 간단하고 주변에서 쉽게 구할 수 있는 부품으로 제작 가능한 듯싶다.

'이건 현재의 전자기기 부품으로도 만들 수 있는 거지?'

'맞아요! 그래서 이걸 택한 거예요. 보기보다 간단하죠?'

현수의 기준으로 보면 지극히 간단명료하다. 실제로는 웬만한 두뇌로는 알아보기도 힘든 회로로 가득 차 있다.

부작용을 없애기 위한 보완이 고려됐기 때문이다.

'근데 이걸로 만병이 통치되나?'

'도움은 되지만 만병통치는 아니에요. 이게 만병통치였으면 엘릭서를 만들 필요가 없었지요.'

'알았어, 참고할게.'

'만병통치되는 것도 있기는 해요. 근데 그걸 만들려면 엘리시아늄(Elyssianum)이 필요해요.'

서기 4012년에 태양계 밖 왜소행성에서 특이한 광석 하나를 발견하였다. 기존의 어떤 원소와도 다른 성질을 가진 이것의 주요 원소는 '엘리시아늄'으로 명명되었다.

현수의 마지막 아내였던 엘리시아 나후엘 드 율리안의 이름을 딴 것이다.

이 시기엔 로시아늄, 로잘린늄, 스테이시늄, 케이트늄, 다프네늄뿐만 아니라 싸미라늄, 아만다늄, 스타르라이트늄, 도로시늄, 말라크늄 등도 있었다.

새로 발견되는 원소마다 사랑했던 아내들의 이름을 붙여서 영원히 기억코자 했던 것이다.

현수의 여러 아내 중 끝내 원소에 이름 붙이지 못한 이가 있었으니 바로 줄리앙 하시쿤이다.

툼 레이더[13] 시절의 안젤리나 졸리와 닮았던 여인이다.

율리안 영지까지 가는 동안 스콜론에게 물려 사경을 헤맬 때 현수가 허리 바로 아래 상처로 스며든 독혈을 빨아내곤, 엉덩이를 빨았다고 놀렸던 바로 그 여인이다.

현수가 아르센 대륙에 이실리프 왕국의 기틀을 닦고 있을 때 나타났다. 이때 줄리앙은 현수가 주었던 라일리아 후작의 검법서를 익혀 소드 마스터가 된 상태였다.

줄리앙은 간절한 표정으로 자신도 받아달라고 하여 현수의 마지막 아내가 되었다.

이후 그랜드마스터의 반열에 올랐다. 이때 이미 슈퍼마스터가 된 현수의 조련을 받은 덕분이다.

줄리앙은 역사상 최초의 여성이자 유부녀 용병왕이 되었다. 아르센 대륙 전체의 용병들을 다스린 것이다.

현수와의 사이에선 4남 2녀를 낳았고. 평생을 행복하게 살다가 작고한 바 있다.

아무튼 외계에서만 구할 수 있는 원소가 없으니 만병통치가 가능한 파동치료기는 당분간 못 만든다.

---

13) 툼 레이더(Tomb Raider): 2001년 개봉된 액션 어드벤처 영화. 안젤리나 졸리가 라라 크로프트 역을 맡았다.

현수는 파동치료기 회로도를 눈여겨보며 어떤 원리로 주파수를 방출하는지를 확인하였다.

*　　　　　*　　　　　*

"자아! 며칠 있다가 보세."

"네! 회장님. 사장님."

신행정도시와 유화단지라는 두 개의 열매를 따가지고 돌아가는 이연서 회장과 신형섭 사장의 표정은 매우 밝다.

모든 피로가 풀렸는지 혈색도 좋지만 한 가지 흠은 향수를 너무 진하게 뿌렸다는 것이다.

몸에서 나는 꾸리꾸리한 냄새를 감추기 위함일 것이다.

"전무님! 콩고민주공화국 수도 킨샤사에는 저희 해외영업부의 지사가 있습니다."

해외영업부 최규찬 부장은 허리를 90°로 꺾으며 파일 하나를 건넨다.

이춘만 지사장이 머물고 있는 킨샤사 지사와 모스크바 지사의 전화번호와 주소가 기록된 것이다.

"흐음! 킨샤사 지사는 이춘만 과장이 지사장이군요. 과장인데 능력이 좋은가 보네요."

과장급이 어찌 지사장을 하느냐는 뜻이다. 지사를 맡으려면 적어도 차장급 이상이어야 하기에 묻는 말이다.

"아! 이춘만 지사장은 과장급 중 최고참입니다."

제대로 진급했으면 진즉에 차장이 되었고, 곧 부장으로 승차했을 것을 이렇게 표현한 것이다.

"그래요? 근데 나머지 직원 명단은 없네요."

짐짓 알면서 하는 말이다.

"저어, 그게… 사실 이 과장은 유배 중이나 마찬가지입니다. 그래서 이 과장 하나만 배치되어 있습니다."

현수가 같이 귀국하지 않고 콩고민주공화국을 거쳐 러시아를 돌아보고 가겠다고 말했을 때 최 부장의 뇌리를 스치는 상념이 있었다.

뇌리에서 지워져 있던 콩고민주공화국 킨샤사 지사가 어떻게 만들어졌으며, 누가 지사장으로 부임했는지이다.

"자네도 이춘만 과장 알지? 그 친구 말이야! 영, 못 쓰겠어. 잘라도 되면 퇴사시키게."

천지건설 회장의 처남인 박준태 전무가 술자리에서 최규찬 부장에게 한 말이다.

"네? 왜요?"

"자네 창원 아파트 현장을 맡았던 박 이사 알지?"

"박경헌 이사님이요?"

"그래, 그 친구가 현장을 부드럽게 케어하려고 비자금을 조금 만들어서 썼나 봐."

"아! 비자금이요······."

건설회사 만큼 비자금을 만들기 쉬운 업종은 드물다.

공사 전엔 하도급업체를 선정하면서 뇌물을 받아 챙긴다.

예를 들어, 2,000세대짜리 아파트 신축공사가 있다면 파일, 토목, 철근콘크리트, 전기, 설비, 포장, 방수, 수장, 석재, 승강기, 조경, 소방 등의 전문 건설업체로부터 돈을 받고 업체를 정하기도 한다.

당연히 세금계산서나 영수증 따위는 발부되지 않는다.

공사 개시 후 기성고가 20억 원이라면 24억 원을 지급하고 이에 대한 세금계산서를 받은 후 몰래 4억 원 정도를 되돌려 받는 식으로 비자금을 조성하기도 한다.

현장소장이 주축이 되어 현장에서 챙기고 끝나는 경우도 있지만 아예 회사 차원에서 뜯어내는 경우도 있다.

Chapter 05

—

파리에서 생긴 일

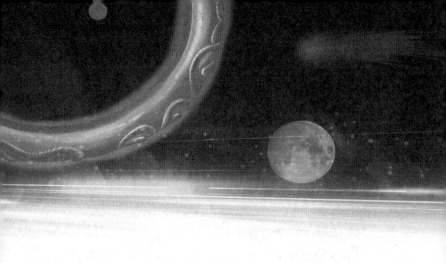

　박준태 전무가 말한 박경헌 이사는 창원의 아파트 신축공사 현장감독을 하면서 꽤 많은 비자금을 조성했다.

　이 과정에서 부장급 현장소장은 허수아비나 마찬가지가 되었다. 이춘만 과장은 현장에 있으면서 이런 모습을 보고 배알[14] 이 꼴려 본사 감사실에 이를 발고(發告)하였다.

　이를 알게 된 박준태 전무는 감사실장을 불러 발고를 무마했고, 그러고는 지사 설치 기준에도 미달되던 킨샤사 지사를 급조(急造)한 후 지사장 발령을 냈다.

　박 이사가 조성한 비자금 중 상당액이 박 전무 라인을 유지

---

14) 배알: '창자, 속마음, 배짱' 을 낮잡아 이르는 말.

하는데 쓰이던 중이기 때문이다.

"유배요?"

"사실, 킨샤사 지사는 생길 데가 아니었지요. 우리 회사가 할 만한 공사가 나올 데가 아니거든요. 그래서 지사장 이외의 직원은 없습니다."

"아! 그런가요? 알았습니다."

현수는 납득이 된다는 듯 고개를 끄덕여줬다. 최 부장보다 본인이 훨씬 더 잘 알기 때문이다.

지금쯤 이 과장은 한국에서 수입한 싸구려 원피스와 LG나 삼성의 브라운관 TV를 수입하고 있을 것이고, 마타디항 세관원에게 뒷돈을 주면서 푼돈을 챙기고 있을 것이다.

오빠인 마림바가 반군에서 활동하고 있을 마투바는 세 동생들을 끼고 한국 드라마에 푹 빠져 있을 것이다.

"킨샤사 지사는 환경이 매우 열악합니다. 몹시 덥고, 습합니다. 그러니 가기 전에 준비 단단히 하셔야 할 겁니다."

"네, 잘 알아보고 가겠습니다."

잠시 후 인천공항 행 전세비행기가 활주로를 박차고 이륙했다. 잠시 비행기를 바라보던 현수는 뒤로 돌아섰다.

바쿠의 헤이다르 알리예프 공항에서 킨샤사 은질리 공항으로 가는 직항로는 없다. 전세기가 아니라면 프랑스 파리를 경유하여 가는 것이 가장 빠르다.

"폐하! 이만 가시지요."

"어! 그래."

어느새 다가온 신일호의 손에는 항공권이 쥐어져 있다.

도로시가 능력을 발휘하여 없다던 1등석 3자리를 구한 모양이다.

"이륙하려면 시간이 얼마나 남아 있지?"

"1시간 20분입니다. 출발 전에 간단히 뭐라도 드셔야죠."

"그러지! 조금 출출하네."

신일호를 따라 라운지로 향한 현수는 샌드위치와 주스로 배를 채웠다.

신일호와 신이호는 신장 193㎝에 체중 110㎏ 정도인 전형적인 보디가드의 모습을 하고 있다.

누가 봐도 러시아 특수부대 스페츠나츠 대원 같다.

그런 둘이 떡 버티고 서 있자 위압감이 느껴지는지 라운지의 그 어느 누구도 가까이 다가서려 하지 않았다.

잠시 후 탑승을 알리는 방송이 있었다.

현수와 신일호, 그리로 신이호는 1등석에 자리했다.

"휴식을 취하시지요."

"그럴까?"

현수는 못 이기는 척 눈을 감았다. 그와 동시에 곧 있을 의사시험을 대비한 지식들이 뇌리에 새겨졌다.

비행기는 별 탈 없이 프랑스 파리에 당도했다.

"폐하! 킨샤사 은질리 공항으로 가는 비행편은 2시간 반쯤 기다리셔야 떠요. 그때까지 라운지에서 쉬시지요."

"또 쉬어? 쉬는 것도 지겹네."

라운지에 당도한 현수는 시원한 주스 한 잔을 마신 후 창밖에 시선을 주었다. 이제 막 이륙한 비행기가 보인다.

러시아제 수호이 슈퍼제트 100이다. 항공사 표식이 없는 걸 보면 자가용 비행기인 듯싶다.

참고로, 슈퍼제트 100은 100인승 중형비행기이다.

활주로를 박찬 비행기가 고도를 높이고 있을 때 멀리서 무언가가 쏘아져가는 것이 보인다. 왠지 위화감이 느껴졌다.

"뭐지…?"

시선을 돌려보니 빠른 속도로 질주하는 픽업트럭 뒤쪽으로 뭉친 연기가 보이고, 황급히 적재함 방수천이 덮어지는 모습도 보였다.

그 직전에 뭉툭한 무언가가 방수천 아래로 감춰짐을 볼 수 있었다. 바로 눈을 감으니 잔상이 보인다.

'어! 저건? 휴대용 지대공 미사일 FIM—92 스팅어?'

광학조준 개량형 스팅어의 유효사거리는 5.5㎞ 정도이며, 고도 3,500m까지 상승할 수 있는 적외선 유도방식 지대공 미사일이다.

콰아아앙—!

요란한 폭음과 더불어 비행기의 몸통 부분이 갈라지더니 화염이 솟구친다. 이건 분명한 테러이다.

　현수는 멀어져가는 픽업트럭의 번호판에 시선을 집중했다.

　무려 1㎞가 넘는 거리였지만 슈퍼마스터의 시력으론 충분히 번호판을 읽을 수 있었다.

　'AD 386 KA! 근데 CS 174 EC로 번호가 바뀌네. 누구 소유지?'

　첩보영화처럼 번호판이 뒤집어진 것이다.

　'전자는 파리 시청 공무원 슈테판 불로뉴의 것이고, 후자는 에버튼 디뉴라고 고등학교 체육교사의 차량번호예요.'

　'그래?'

　'둘 다 도난차량 번호네요.'

　'테러와 관련 있나 확인해봐.'

　'둘 다 테러와는 무관해요. 현재 본인 근무지에 있고요.'

　'그래? 출발하려던 비행기엔 누가 탑승했지?'

　'잠깐만요.… 바쉬네프트(Bashneft)의 부사장과 일행 32명, 승무원 4명이 있었어요. 대부분 사망한 걸로 추측 돼요.'

　'바쉬네프트면 러시아 국영 정유공장이지?'

　'맞아요. 저유가로 인해 민영화하려던 기업이에요. 시장가치는 71억~72억 달러로 추산하고 있어요.'

　바쉬네프트의 CEO 알렉산드르 코르식은 이보다 다소 높은

75억 달러, 루크오일[15]의 CEO 바깃 알렉페로트는 이에 크게 못 미치는 40억 달러로 추산하고 있다

'프랑스를 방문한 목적은 민영화 때문인가?'

'네! 파리 근교 쿠르브부아에 본사를 둔 정유회사 Total Fina Elf사에 지분매각을 위해 방문했네요.'

'근데 왜 테러를 가했지?'

'그건… 범인들을 잡아야 확인 가능할 듯싶어요. 어떻게 할까요?'

테러리스트에 대한 정보를 프랑스 경찰에게 넘겨줄 것인지 여부를 묻는 말이다.

현수가 이동하면 하늘의 위성들도 함께 위치를 바꾼다. 주변감시와 유사시 공격을 가하기 위함이다.

현수를 기준으로 반경 5㎞는 정밀감시 영역이다. 사람들은 물론이고, 이동하는 차량의 움직임까지 모두 확인한다.

현수를 대상으로 테러를 가할 것이 확실해지면 그 즉시 소멸시키기 위함이다.

사람들의 경우는 보행자세만으로도 총기 소지 여부를 확인할 수 있다.

조금 전 테러를 가하고 도주한 차량도 당연히 감시대상이다. 다만 현수를 겨냥하지 않았기에 내버려둔 것이다.

어쨌거나 이 차량은 현재 추적당하고 있다.

---

15) 루크오일: 러시아 석유기업

이동 경로뿐만 아니라 승차했던 자들이 내리면 그들의 행적까지 모두 확인된다.

전화 통화를 할 경우엔 당연히 녹음되며, 상대방의 위치가 파악되는 즉시 그곳의 감시까지 동시에 이루어진다.

'이미 벌어진 일이잖아. 일단 주시하고 있어봐.'

'넵!'

이륙하던 비행기가 지대공 미사일에 의해 산산조각이 나자 공항은 즉각 비상이 걸렸다.

웨에에에에엥—! 뛰용, 뛰용! 뛰용! 뛰용! 웨에에에엥—!

중무장한 공항대원들이 쏟아져 나왔고, 소방차와 구급차량들이 황급히 비행기 잔해를 향해 쏘아져간다.

'아무래도 이륙이 연기되겠지?'

'네! 당연히 그렇겠지요.'

'끄응……!'

마땅히 할 일도 없는 상황에서 시간만 죽이게 생겼다. 하여 나지막한 침음을 내곤 창밖에 시선을 주었다.

소방차들이 불붙은 사고기 잔해에 물을 뿌리고 있다.

'어떤 놈들이지? 푸틴은 결코 만만한 인물이 아닌데.'

SNS에 푸틴이 남긴 글이 있다.

To forgive the terrorists is up to God, but to send them to him is up to me!

테러리스트를 용서하는 것은 신(神)이 결정하고, 그 테러리스트들을 신에게 보내는 건 내가 결정한다.

소말리아 해적들이 우크라이나 소속 유조선을 납치했던 적이 있다. 200명의 승선원 중 러시아인은 단 2명이었다.

보고를 받은 푸틴은 즉각 대양함대를 파견했다.

소말리아 해적들은 더 이상 접근하면 다 죽이겠다고 협박을 했지만 대양함대는 멈추지 않고 접근했다.

겁먹은 해적들이 러시아 선원 2명을 풀어주겠다며 제발 돌아가 달라고 사정했다.

하지만 대양함대는 계속 전진했다. 이에 해적들은 더 다가오면 인질과 함께 자폭하겠다고 선언했다.

이때 대양함대 소속 헬기가 유조선 가까이 다가가자 해적들이 사격을 가했다.

헬기부대는 즉각 기관포로 응사했고, 해적들은 전멸했다.

이때 푸틴이 남긴 말이 있다.

There is no negotiation with terrorism!
테러와의 협상은 없다!

2010년 5월 5일, 해적 11명이 러시아 유조선을 납치했다.

그런데 때마침 근처를 지나던 러시아 구축함 마샬 샤포쉬

니코프호가 있었다.

그 결과 해적 1명은 사살되었고, 10명은 체포되었다.

잡힌 해적들은 항법장치도 없는 고무보트에 태워졌고, 소말리아에서 560㎞나 떨어진 해상에서 풀려났다.

1시간 후 고무보트의 라디오 비콘[16] 신호가 끊겼다.

그 근방은 식인 어류인 백상아리가 떼거지로 서식하는 곳이었다. 이후로 그들을 본 이는 아무도 없다.

일련의 사건이 있은 후 소말리아 해적들은 러시아 선박은 절대 공격하지 않고 있다.

아무튼 누군가 러시아 국영기업 고위임원 및 직원들을 대상으로 테러를 가했다. 블라디미르 푸틴이 불같이 화낼 것은 뻔한 일이고, 프랑스 정부로선 몹시 곤혹스러울 것이다.

테러범과 그 배후를 재빠르게 색출해내지 못하면 외교적 궁지에 몰릴 일이다.

'누군지 확인했어?'

'IS예요. 아부 바크로 알바그다디의 지령이었고요.'

'뭐어? 누구……?'

'아부 바크로 알바그다디요.'

'그놈 혹시 IS의 최고 지도자 아니야? 아직 안 죽었어? 데스봇 레벨10을 투여하라고 했잖아.'

'맞아요! 데스봇 레벨10 투여했고 현재 다 죽어가요.'

16) 비콘(Beacon): 위치 정보 전달을 위해 주기적으로 특정 신호를 전달하는 기기.

'그래? 근데 뭐야? 왜 테러가 일어나?'

'지령이 그전에 내려왔던 모양이에요. 프랑스가 외교적으로 곤혹스러울 일을 벌이라고 했나 봐요.'

'끄응……!'

나직한 침음을 낸 현수는 잠시 무언가를 생각하였다.

'테러리스트들 위치 파악되었지?'

'네! 현재 열심히 도주하는 중이에요.'

'놈들의 거점은?'

'몽마르트 언덕 근처 지하실이요. 언덕 정상에 위치한 사크레 쾨르 대성당에는 폭탄을 설치했네요. 이번 일요일 미사 때 폭파할 예정이에요.'

'뭐라고? 이번 일요일에? 그 성당 들어가려면 가방 같은 거 다 조사하지 않아?'

이 성당은 프로이센과의 전쟁에서 패한 뒤 침체된 국민의 사기를 고양시킬 목적으로 모금한 돈으로 지었다.

파리의 다른 성당들과 달리 로마네스크—비잔틴 양식으로 지어진 석조 건축물이다. 이 앞에 서면 시내를 한눈에 볼 수 있어 파리의 명소로 꼽힌다.

'에고, 마음먹으면 뭔들 못하겠어요. 아무튼 C4를 다량 반입해서 이미 설치해 둔 모양이에요.'

'헐……!'

폭파될 일만 남았다는 뜻이다.

'근데 이번 일요일 미사 시간에 맞춰 지하철역 6군데에서도 테러가 예정되어 있어요.'

'그러니까 이번 일요일에 성당을 포함한 7군데에서 동시에 폭탄 테러가 일어난다는 거야?'

'맞아요!'

'지하철역은 어딘지 파악되었어?'

'잠시만요! 벨빌역, 프랭클린 디 루즈벨트역…, 파스퇴르역, 그리고 앵발리드역, 빌리에역, 세귀르역이에요. 모두 환승역이네요. C4는 이미 장치된 상태라네요.'

벨빌역은 2호선과 11호선이 만나고, 프랭클린 드 루즈벨트역은 1호선과 9호선의 환승역이다.

파스퇴르역은 6호선과 12호선이 교차하고, 앵발리드역은 8호선, 13호선, 그리고 RER—C선을 갈아탈 수 있는 역이다.

빌리에역은 2호선과 3호선이 만나고, 세귀르역은 10호선과 13호선이 만난다.

＊   ＊   ＊

'우와! 이 자식들 몽땅 환승역만 골랐어요. 테러 한번 제대로 저지르겠다는 뜻이네요.'

'프랑스 경찰들은 대체 뭘 하는 거야? 이런 줄도 모르고.'

프랑스 경찰들도 꽤나 무능한 모양이다.

'C4는 벽돌을 빼고 그곳에 끼워 넣은 모양이에요.'

벽돌로 위장했다면 찾아내기 쉽지 않을 것이다.

'지하철역 어디에 폭탄이 장치되어 있는지는 알아?'

'자료가 없어서 알 수 없어요. 성당도 마찬가지고요. 지령이 떨어지면 뇌관을 끼워 자폭테러를 하기로 한 상태예요.'

치밀한 계획 하에 움직인다는 뜻이다.

'어떻게든 하나라도 찾아봐.'

'찾고 있어요. 근데 어디에 설치했는지 자료가 없어요. 암튼 노력해 볼게요. 잠시만요.'

둘이 대화를 하는 동안 비행기의 불을 꺼졌고, 즉각 구급대원들이 투입되었다. 그런데 모두 바디 백(Body bag)에 담겨진 채 나온다. 다 죽었다는 뜻이다.

'그나저나 정보가 있어도 줄 방법이 없네.'

'익명으론 가능해요.'

사법경찰국 소속 테러수사 담당 대테러부(SDAT)에 접속하여 제보하면 된다는 뜻이다. 디지털 세계의 신이니 흔적을 감추는 건 식은 죽 먹기보다 쉬울 것이다.

현수가 파리에 온 것은 오고 싶어서 온 것도 아니고, 사태가 수습되면 곧바로 출국할 예정이다.

따라서 폭탄 테러가 있건 없건 현수에겐 아무런 피해도 없다. 그렇지만 정보를 무상으로 제공할 이유는 없다.

'경찰 쪽에서 접수한 첩보는 없어?'

테러 징후를 사전에 감지하고 있느냐는 뜻이다.

'아뇨! 전혀 없었어요. 지금도 없고요.'

'흐음! 어쩐다……?'

'뭐를요?'

'테러를 알려주는 대신 직지심체요절[17] 과 정리의궤[18] 정도는 반환받아야 하지 않겠어?'

'아! 그거 괜찮네요. 그럼, 제가 나서볼까요?'

'어떻게 하려고?'

'그건 제가 알아서 할게요.'

'알았어, 맘대로 해봐.'

허락이 떨어지자 도로시는 SDAT가 아닌 프랑스 대통령에게 전화를 걸었다.

그러고는 오늘 열어난 비행기 폭파사건 이외에도 7건의 테러가 추가로 계획되어 있음을 제보했다.

일시와 장소, 그리고 수법은 알려주지 않았다.

화들짝 놀란 프랑수아 올랑드(Francois Hollande) 대통령은 즉각 사법경찰국(DCPJ) 수장에게 연락하여 첩보가 있는지를 확인토록 했다.

당연히 아무것도 모르고 있다.

---

17) 직지심체요절: 1377년 청주 흥덕사에서 제작된 현존하는 세계최고(最古) 금속 활자본.
18) 정리의궤: 1797년~1800년 사이 정조가 모친 혜경궁 홍씨를 위해 언해본으로 편찬한 것으로 추정, 최초의 한글의궤.

오늘의 테러 역시 아무것도 모르는 상태에서 일어난 일이라 경찰국장은 대통령으로부터 질책당해야만 했다.

　도로시는 대통령에게 대성당에 C4가 설치되어 있음을 알려주었다. 미끼를 던진 것이다.

　사크레 쾨르 대성당이 워낙 크기에 수색하는 데 오랜 시간이 걸릴 것 같아 벽돌 모양임도 알려주었다.

　1시간 후 도로시는 다시 대통령과 통화했다. 벽돌 모양으로 은닉한 C4를 찾아낸 모양이다.

　―나머지 장소를 알려주는 대신 조건이 있어요.

　"뭡니까? 말씀하세요."

　―한국에서 가져온 직지심체요절과 정리의궤를 즉각 반환하겠다는 성명을 발표하십시오. 그럼 나머지 6곳도 알려 드리겠습니다.

　"…전화 주신 분은 한국인인가요?"

　―내 정체는 굳이 알려고 하지 마세요.

　대통령은 도로시가 유창한 불어를 구사하는 남자인 것으로 알고 있다. 50~60세 정도의 허스키한 음성이라 그렇다.

　―앞으로 한 시간 이내에 반환하겠다고 발표하지 않으면 다음 통화는 없습니다.

　직지심체요절과 정리의궤 1책(도설도)은 파리 국립도서관에 있고, 정리의궤 12책은 파리 동양어학원에 있다고 알려줬다.

　전화를 끊은 대통령은 보좌진들과 의논 후 국립도서관장

브루노 라신(Bruno Racine)에게 전화를 걸었다.

그러는 동안 사크레 쾨르 대성당에 설치되어 있던 폭약에 대한 보고가 있었다.

현재까지 발견된 것만으로도 큰 사상자가 발생될 양인데 계속해서 발견되고 있다는 내용이다. 아무것도 모르고 있다가 일요일 미사 시간에 터졌다면 큰일 날 뻔했다.

한국에서 가져온 문화재도 중요하지만 여섯 군데에서의 폭탄 테러가 동시다발적으로 일어나면 많은 인명이 살상될 뿐만 아니라 프랑스의 자존심도 크게 상하게 된다.

그리고 그 여섯 군데가 노트르담 대성당, 루브르 박물관, 개선문, 에펠탑, 오르세 미술관, 시테섬 궁전 시계탑이라면 폭탄 테러로 손상 또는 붕괴되는 건 상상도 못할 일이다.

하여 모든 경찰력을 총동원하여 샅샅이 뒤지고 있는 중이다. 시의 행정이 멈출 정도로 전력을 기울이고 있다.

그럼과 동시에 도로시의 정체를 밝히기 위한 노력도 경주되는 중이다. 테러범일 가능성을 배제하지 않은 것이다.

이런 이야기를 했건만 도서관장은 일언지하에 거절이다.

국립도서관에서는 어떠한 경우에도 직지심체요절과 정리의 궤를 내줄 수 없다는 것이다.

이에 국립도서관에 폭탄이 설치되어 있을 수 있음을 이야기했지만 요지부동이다. 그래도 안 된다는 것이다.

대통령은 말 안 듣는 도서관장을 두들겨 패고 싶은 심정이었다.

1993년 한국을 방문한 프랑수아 미테랑 대통령(Francois Mitterrand)은 외규장각 도서 중 하나인 '수빈휘경원원소도감의궤[19] 상권'을 전격적으로 전달한 바 있다.

이에 대통령을 수행하여 한국에 왔던 프랑스 국립도서관 사서 2명은 즉시 사표를 내는 등 거센 반발을 하였다.

이들은 대통령의 명령을 거부하고 호텔 객실로 들어가 농성했으며, 당시 문화부 장관인 자크 투봉에게 전화하여 지원을 호소하는 등 격렬히 항의했다.

현재의 도서관장 브루노 라신 역시 이런 놈인 듯싶다.

남의 나라 물건을 제멋대로 약탈해놓고는 돌려줄 생각이 없는 도둑놈의 새끼이다.

대통령은 보좌진을 보내 국립도서관장을 설득하라고 하는 한편 폭약이 설치되었을 법한 장소에 대한 철저한 수색을 명령하였다.

초비상상태가 된 파리 경찰은 비번까지 몽땅 동원하여 수색에 수색을 거듭하고 있지만 낭보는 들려오지 않았다.

엉뚱한 곳만 뒤지고 있으니 당연한 일이다.

그러는 동안 사고 비행기의 잔해에 대한 수색이 마무리되

_____

19) 수빈휘경원원소도감의궤: 조선 순조의 어머니이자 과거 정조의 후궁이었던 현목수빈 박씨(顯穆綏嬪 朴氏)의 장례 절차와 그녀의 묘소인 휘경원을 조성하는 과정을 글과 그림으로 기록하여 남긴 조선왕실의궤. 상하권 2권 2책으로 이루어져 있다.

어 가는 듯하다. 텔레비전엔 테러 관련 소식이 속보의 형태로 계속 보도되고 있었다.

사망자 명단을 보니 탑승객 전원이 목숨을 잃었다.

때르르릉! 때르르릉—!

책상 위의 전화벨이 울리자 대통령은 조심스레 수화기를 집어 들었다.

—대통령님! 큰일 났습니다. 루브르의, 루브르의······.

대통령의 얼굴에서 핏기가 싹 가신다. 프랑스의 자랑인 루브르 박물관에 폭탄 테러가 일어났다 생각한 것이다.

"루, 루브르가 뭐, 뭔가? 어, 얼른 말해보······."

떨리는 음성으로 사태 확인을 하려는데 상대가 먼저 입을 연다.

—루브르의 유리 피라미드가 모두 깨졌습니다.

"뭐, 뭐라고?"

대경실색하는 찰나 상대의 말이 이어진다.

—다행히 유리만 깨졌지만 아래에서 수색하고 있던 직원 중 상당수가 부상을 입었습니다.

유리 파편에 의한 상처를 이처럼 표현한 것이다.

"다, 다른 피해는? 혹시 폭탄이 터졌나?"

—화약 냄새는 나지 않습니다. 다시 말씀드립니다. 루브르 유리 피라미드가 모두 깨졌습니다. 이로 인해 수색 중이던 직원 중 상당수가 부상을 당했습니다.

국립도서관장이 말을 듣지 않는다는 걸 알고 신이호로 하여금 모든 유리를 깨뜨리도록 명령을 내린 결과이다.

인간의 귀에는 들리지 않는 초음파를 발생하였기에 한꺼번에 모조리 깨진 것이다.

"아, 알았네."

대통령이 수화기를 내려놓는데 텔레비전에 속보가 뜬다.

루브르 박물관의 유리 피라미드가 깨졌고, 직원과 경찰들이 부상을 입었다는 내용이다.

부상자 6명이라는 내용은 금방 경상자 6명으로 바뀌었다.

그리고 긴급 출동한 소방차와 구급차가 루브르 박물관에 당도한 모습이 비춰지고 있다.

또 속보가 올라왔다.

―사크레 쾨르 대성당에서 대량의 폭약 발견!

현재 확인된 C4의 양만 37.5㎏.

계속 발견되고 있음.

폭발 위험이 있으니 접근 금지!

루브르 박물관의 유리 피라미드가 깨진 것도 대단한 뉴스이다. 그런데 파리 시가지를 한눈에 내려다볼 수 있는 몽마르트 언덕 정상에 자리 잡은 대성당에서 폭탄이 발견되었다는 소식은 글자 그대로 쇼킹한 뉴스이다.

파리 시민들은 패닉 상태가 되어버렸다.

2015년 11월 13일에 있었던 IS에 의한 폭탄 테러가 생각났기 때문이다. 그때 130명 이상이 사망했고, 부상자도 300명 이상이었다. 사건 직후 IS는 파리 테러는 자신들의 계획에서 시작에 불과하다고 선언했다.

그러니 미국이 겪었던 9.11 사태 같은 것이 어쩌면 파리에서 일어날 수도 있다는 불안감이 엄습했다.

"도서관장 다시 연결하게."

"네! 대통령님."

잠시 후, 브로노 라신과 연결된 수화기를 받아 든 대통령을 다음과 같이 말했다.

"직지심체요절과 정리의궤를 한국에 반환해야겠습니다."

ㅡ절대 그럴 수 없습니다. 대통령님!

어느 나라든 꼴통은 있는 모양이다.

"…이 시간부로 부르노 라신, 당신을 국립 도서관장직에서 해임합니다. 즉시 짐 싸서 나가십시오."

쾅ㅡ!

분노한 대통령은 전화통이 부서져라 수화기를 내려놓았다.

"비서실장!"

"네! 대통령님."

"지금 즉시 국립도서관으로 가서 직지심체요절과 정리의궤를 확보해서 가져오게."

"네! 대통령님."

"국립 동양어학원에도 들러서 나머지 정리의궤 전부를 챙겨서 가져오게."

"네! 대통령님."

"어학원장도 말을 듣지 않으면 해임한다고 전해주게. 저항하면 둘 다 현장에서 사살해도 되네."

"네, 대통령님,"

"그리고 방송국과 신문사에 연락하게 긴급 발표가 있다고."

사안이 사안인 만큼 긴급 기자회견을 하겠다는 것이다.

잠시 후, 대통령은 카메라 앞에 섰다.

"안녕하십니까? 대통령 프랑수아 올랑드입니다. 조금 전 루브르 박물관의 유리 피라미드가 모두 깨졌다는 뉴스를 보았을 겁니다."

대통령은 잠시 말을 멈추고 카메라에 시선을 주었다. 그러고는 이내 말을 이었다.

"그에 앞서 누군가로부터 한 통의 전화를 받았습니다. 사크레 쾨르 대성당에 폭약이 설치되어 있다는 제보였습니다."

대통령은 본인이 작성한 원고를 힐끔 보고는 다시 카메라에 시선을 주었다.

"현재까지 발견된 폭약 C4의 양은 51.3kg입니다. C4는 제4형 복합 폭발물질(Composition—4 Explosives)이며, TNT의 1.34배에 달하는 폭발력을 가졌습니다."

대통령은 목이 마른지 물을 한 모금 마셨다.

"지금도 성당에선 은닉된 C4가 계속 발견되고 있으며 얼마나 더 있는지 아직 확인되지 않고 있습니다. 언제 폭발할지모르니 가급적 성당 근처에 접근하지 말기를 권합니다."

대통령은 다시 원고에 시선을 준다.

"내게 이러한 사실을 제보를 한 이는 이번 일요일 미사 시간에 폭파될 예정이었으며 목표는 대성당의 완전한 붕괴라고하였습니다."

대통령은 극적인 분위기를 연출하려는 듯 없던 이야기를만들어냈다. 통화 내용은 본인만 아니, 이렇게 꾸며내도 모두믿을 것이다.

"제보자가 말하길 폭탄은 여섯 군데에 더 설치되어 있다고합니다."

이 대목을 들은 파리 시민들은 대경실색하며 주변을 둘러본다. 혹시라도 폭탄이 설치된 곳에 있는 건 아닌가 하는 불안감 때문이다.

대통령은 이제부터가 중요하다고 생각했다. 하여 눈에 힘을잔뜩 준 채 카메라를 노려본다.

Chapter 06
—
문화재 환수 작전

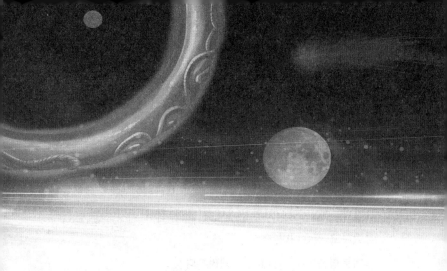

"제보자는 어디에 폭탄이 장착되어 있는지를 알려주는 대신 조건이 있다고 하였습니다."

잠시 말을 끊었다가 천천히 이어갔다.

"그것은 바로 한국에서 가져온 직지심체요절과 정리의궤라는 문화재를 즉각 한국으로 반환하라는 것입니다."

어디선가 텔레비전을 보고 있을 도로시에게 결코 우호적이지 않은 눈빛을 보낸다. 남의 위기를 틈타 괴이한 요구를 한 것이 마뜩치 않은 것이다.

"제보자는 방금 언급된 것들을 즉각 한국에 반환하겠다는 내용의 방송을 하지 않으면 더 이상 전화 연결을 하지 않겠다고 하였습니다."

시민들의 눈빛이 변했다. 그깟 문화재 몇 개를 돌려주지 않
는다고 여섯 군데에서 테러가 일어나도 개의치 않겠다는 뜻으
로 받아들여진 때문이다.

"나는 직지심체요절과 정리의궤가 보관되어 있는 국립도서
관장과 국립동양어학원장에서 전화를 걸어 이것들을 반환해
야겠다고 했습니다."

대통령은 다시 카메라를 째려본다.

"남의 나라 문화재보다 우리의 루브르 박물관이, 우리의
노트르담 대성당이, 우리의 개선문과 에펠탑, 오르세 미술관,
시테섬 궁전 시계탑이 훨씬 더 중요하기 때문입니다."

이 대목에서 모든 프랑스 국민들이 고개를 끄덕였다. 대통
령의 말이 지극히 합당하다 느낀 것이다.

"그런데 국립도서관장 브로노 라신은 일언지하에 거절을
하더군요."

한 놈을 국민 개새끼로 만들기 위해 대통령은 잠시 말을 끊
었다. 도서관장에게 욕할 시간을 준 것이다.

"조금 전에도 말했듯이 우리 문화재가 타국의 문화재보다
훨씬 중요합니다. 하여 나는 대통령으로서 국립도서관장을 해
임했습니다. 아울러 비서실장을 보내 직지심체요절과 정리의
궤를 가져오도록 했습니다."

대통령은 다시 카메라에 시선을 주었다.

"그리고 저항하면 발포해도 좋다는 명령을 내렸습니다. 나는 부르노 라신의 시체를 보지 않기를 바랍니다."

텔레비전에 시선을 준 시민들은 일제히 고개를 끄덕인다. 죽여도 좋다는 뜻이다.

대통령을 다시 원고를 힐끔 바라본다.

"프랑스의 대통령으로서 제보자가 원한 직지심체요절과 정리의궤를 즉시 한국에 반환토록 하겠습니다. 그러니 나머지 여섯 군데에 대한 정보를 주시기 바랍니다."

다시 원고로 시선을 내린 대통령은 물 한 모금을 더 마신 후 말을 이었다.

"나는 대통령으로서 테러의 배후가 누구든 온 힘을 다해 추적하고, 반드시 잡아서 법정에 세울 것을 약속드립니다."

대통령은 굳은 안색으로 한 발짝 물러섰다. 할 말 다 했다는 몸짓이다.

"대통령님! 질문 있습니다."

기자들이 벌떼처럼 손을 들며 발언권을 요구한다. 공보수석 비서관이 그중 하나를 지목했다.

"네, 붉은 넥타이를 맨 기자 말씀하십시오."

"르몽드의 루이스 케스노트 기자입니다. 제보자에 대한 정보를 주십시오."

"우리말을 유창하게 하는 50~60대 남성으로 추측됩니다. 제보자에 대한 신원은 정부도 갖고 있지 않습니다. 다음!"

"르비앙 퍼블릭의 세바스티앙 트뤽입니다. 루브르 유리 피라미드가 깨졌는데 그것도 테러범의 소행입니까?"

"그건 아직 확인되지 않았습니다."

대통령은 손을 들고 있는 다른 기자를 지목했다.

"BBC 특파원 로라 비커입니다. 조금 전에 말씀하신 직지심체요절과 정리의궤는 언제 어떤 방법으로 한국에 반환하실 예정이신지요?"

기자의 질문을 들은 대통령은 방송용 카메라에 시선을 준 후 입을 열었다.

"주불한국대사님이 이 방송을 보고 계시다면 대통령궁으로 와주십시오. 한국의 문화재인 직지심체요절과 정리의궤들을 조건 없이 즉각 반환토록 하겠습니다."

기자의 물음에 대한 너무도 명쾌한 대답이다.

"마지막 질문 하나만 받겠습니다. 제보자로부터……."

공보수석의 말은 중간에 잘렸다. 대통령이 손을 들어 저지시킨 때문이다. 그러고는 본인의 휴대전화를 보여주었다.

전화가 걸려왔음을 알린 것이다.

"여러분! 잠시 기다려주십시오."

대통령의 말에 모두들 말없이 고개만 끄덕인다. 제보자와의 통화를 방해해선 안 된다는 공감대가 형성된 것이다.

"네! 대통령입니다."

—기자회견 잘 보았습니다. 약속대로 폭탄이 설치된 여섯

곳에 대한 정보를 드립니다.

"네! 말씀하십시오."

─폭탄은 벨빌역, 프랭클린 디 루즈벨트역, 파스퇴르역, 그리고 앵발리드역, 빌리에역, 세귀르역에 있습니다.

대통령은 혹시 잊을까 싶었는지 도로시가 불러주는 역 이름을 따라서 읊었다.

기자들은 황급히 받아쓰기를 했고, 몇몇은 전화기를 들어 방금 언급된 역 근처의 지인들에게 즉시 대피할 것을 이야기하였다.

도로시가 역 이름을 알려줌과 동시에 대기하고 있던 경찰 및 군인들이 급파되었다.

지난 2016년 3월 22일에 벨기에 브뤼셀 국제공항에서 자폭 테러가 있었고, 시내 지하철역에서도 폭발이 일어났다.

이로 인해 34명이 사망하고, 202명이 다쳤다.

벨기에 연방검찰은 브뤼셀 공항 폭발이 자살폭탄 테러에 의한 것이라고 발표했다.

벨기에 당국이 파리 테러의 주범인 수니파 극단주의 무장세력 이슬람국가(IS) 조직원 살라 압데슬람을 체포한 데 대한 '보복 테러'였다.

그렇기에 호들갑을 떨며 사방으로 전화를 한 것이다.

환승역 여섯 곳에서 동시에 폭탄 테러가 빚어진다면 수많은 인명이 살상될 것이고, 파리의 교통은 엉망진창이 될 것이다. 생각만으로도 끔찍한 일이다.

"정보 고맙습니다. 근데 누가⋯⋯."

대통령의 말은 중간에 잘렸다.

—테러의 배후는 IS입니다. 최고 지도자 아부 바크로 알바그다디가 2016년 4월 19일에 내린 지령이었습니다.

"네? 누구요?"

대통령의 음성이 커지자 기자들이 일제히 입을 다문다.

아직 긴급 기자회견이 끝난 것이 아니며 제보자와의 통화도 마쳐진 것이 아니라는 걸 인식한 것이다.

—수니파 극단주의 무장세력 이슬람 국가 IS의 최고 지도자 아부 바크로 알바그다디의 지령이었다고요.

"IS의 지도자 아부 바크로 알바그다디의 지령이요?"

모두가 놀란 표정으로 대통령을 바라볼 때 도로시의 말이 이어진다.

—확인된 바에 의하면 9명으로 구성된 팀입니다. 은신처 주소와 현 위치는 문자메시지로 전송해 드리겠습니다.

"네? 뭘 보내줘요?"

대통령이 이건 뭔가 하는 표정을 지었다.

테러범들을 일망타진할 장소를 알려준다는 것이 믿기지 않은 때문이다.

—일단 전화를 끊으십시오.

"네. 아, 네에."

대통령의 버튼을 눌러 통화를 마치자 기다렸다는 문자메시지가 전송되었다.

테러를 추진했던 IS대원 9명의 이름과 현 위치, 그리고 사진과 전화번호까지 포함된 메시지이다.

놀란 대통령이 보좌관을 불러 받은 메시지를 경찰청장에게 전송하도록 했다. 물론 기자들은 모르게 하였다.

보도되면 일제히 숨어버릴 것이기 때문이다.

하여 기자들은 이건 대체 무슨 상황인가 하는 표정으로 대통령과 보좌관들을 보고 있었다.

부우우웅—!

대통령의 휴대전화가 또 진동한다.

"네! 대통령입니다."

—오늘 공항에서 있었던 테러범들의 정보도 원합니까?

"그, 그럼요! 다, 당연합니다."

러시아와의 외교적 마찰 또한 지하철역에서의 폭탄 테러만큼 중요한 일이니 연신 고개가 끄덕여진다.

—그럼 문화재들을 추가로 반환하십시오.

"네?"

—선원계보기략[20]과 천상분야열차지도[21] 등 1886년에 한

---

20) 선원계보기략: 조선시대 구황실의 족보. 16책. 선원보략 또는 선원록이라고도 한다.
21) 천상열차분야지도(天象列次分野之圖): 조선 태조 4년(1395)에 고구려의 석각 천문도의 탁본을 가지고 만든 천문도.

국의 강화도 외규장각에서 가져간 모든 도서들을 즉각 반환한다면 알려 드리죠.

"자, 잠시만요!"

대통령은 보좌관을 불러 받아쓰기를 시키는 한편 통화 내용이 녹음되도록 하였다.

"대통령으로서 약속합니다. 방금 말씀하신 것들을 모두 한국으로 조건 없이 반환하겠습니다. 그러니 정보를……."

—기자들 앞에서 공언해 주시길 바랍니다.

"알겠습니다, 잠시만요!"

대통령은 더 생각할 것도 없다는 듯 즉시 마이크를 끌어당겼다. 그러고는 만장한 기자들을 보며 입을 연다.

"프랑스의 대통령으로서 1886년에 한국 강화도에서 가져온 외규장각 도서 일체를 즉각 반환할 것임을 선언합니다."

"대통령님! 이번엔 무엇이 거래 조건이었습니까?"

대통령은 질문을 한 기자에게 시선을 준다. 조금 아까 질문했던 르몽드지의 기자이다.

"오늘 있었던 공항 테러의 범인과 배후를 알려주는 조건입니다."

대성당과 지하철역 여섯 곳엔 폭탄만 설치되어 있을 뿐 아직 아무런 피해도 입지 않았다.

하지만 러시아 국영기업 고위 임원 및 직원들이 탔던 여객기는 이미 폭파되었고, 승객과 승무원 모두 사망했다.

러시아 대사는 즉각 진상을 밝혀달라는 성명만 발표했다. 분노했지만 최대한 자제하는 것이 분명한 표정이다.

푸틴의 불같은 성격으로 미루어 짐작컨대 지금쯤 러시아 공군기들이 출격을 대기하고 있을지도 모른다.

범인이 특정되면 러시아의 전투기나 폭격기들이 프랑스 영공을 무단으로 침범할 수도 있는데 이는 좌시할 수 없다.

하지만 지금으로선 이를 막을 명분이 부족하다.

기자들 모두 이러한 상황을 충분히 짐작하기에 아무런 말도 하지 않고 있다.

사태의 심각성이 다시 상기된 때문이다.

—여보세요?

"아! 네에, 미안합니다."

—괜찮습니다. 대통령님께서 공언하셨으니 그 말씀을 믿어보지요. 오늘 러시아 수호이 슈퍼제트 100을 폭파시킨 건 휴대용 지대공 미사일 FIM—92 스팅어입니다.

"스팅어 미사일이요?"

기자들 모두 받아쓰기 바쁘다.

—네! 그것을 발사한 놈들의 차량번호는 AD 386 KA였습니다. 근데 CS 174 EC로 번호가 바뀌더군요.

"잠시만요!"

대통령의 손짓에 보좌관이 얼른 수첩을 꺼내 메모한다.

—마치 첩보영화의 한 장면처럼 차량 번호판이 뒤집어지며

번호가 바뀌었습니다. 차종은 포드사의 2006년식 F—150 다크 블루 픽업트럭이었고요.

"네, 포드의 픽업트럭이요."

—모두 IS 대원이었으며 3명입니다. 그들의 현 위치와 성명, 나이, 사진, 전화번호는 문자메시지로 전송하죠.

전화가 끊기고 얼마 지나지 않아 또 다른 메시지가 전송되었다. 대통령은 황급히 이를 확인하였다.

테러범들의 신상명세가 기록된 파일이다. 기자들에겐 보이지 않도록 경찰국장에게 메시지를 재전송했다.

대통령은 다시 마이크 앞에 섰다.

"방금 공항 테러범들에 대한 인적사항을 전달받았습니다. 조금 전에 약속했던 대로 한국에서 가져온 외규장각 도서들은 즉각 반환토록 하겠습니다."

대통령은 이름 모를 제보자를 향해 살짝 고개를 숙였다.

외교적 수세에 몰릴 일을 단번에 해소시켜준 고마움에 대한 답례이다.

"질문 받겠습니다. 저기, 푸른 넥타이를 매신 분."

"CNN의 로할리 헌팅턴 기자입니다. 공항 테러범의 인적사항을 받았다고 말씀하셨는데 누군지 밝혀주실 수 있습니까?"

"3명이고 모두 IS 놈들이라더군요. 인적사항은 체포 후에 밝히도록 하겠습니다. 네, 흰 셔츠를 입으신 분."

"뉴욕타임즈 특파원 로한 겔로스키입니다. 조금 전에 통화하셨던 제보자의 제보를 신뢰하는 것 같은데 그 이유를 알 수 있을까요?"

"으음! 먼저 제보자의 제보가 상당히 구체적입니다. 장소와 C4의 형태를 제대로 묘사해 주었기에 쉽게 폭발물을 찾아낼 수 있었습니다. 그리고… 아! 잠시만요."

기자의 질문에 답변하던 대통령은 몸을 돌려 가까이 다가온 보좌진의 메모를 슬쩍 살핀다.

                    *   *   *

"방금 파스퇴르역과 빌리에역 천정과 기둥에서 폭발물이 발견되었다고 합니다."

"네? 뭐라고 말씀하셨는지 다시 한번……."

웅성거리느라 대통령의 말을 못 들은 모양이다.

"파스퇴르역과 빌리에역에서 폭발물이 발견되었습니다. 이 시간부로 모든 지하철의 운행을 중지하니 불편하더라도 모든 폭발물을 찾아낼 때까지 기다려 주시기 바랍니다."

대성당에 이어 지하철역에서 폭발물이 발견되었다는 소식은 삽시간에 번져갔다.

도로시가 알려준 6개 역뿐만 아니라 모든 지하철역에서 긴급히 대피하라는 방송이 나가자 파리 시내는 금방 교통지옥이 되었다.

대통령의 긴급 기자회견은 웅성거림 속에서 마쳐졌다.

같은 시각, 국립도서관장은 직지심체요절 등을 가지러 온 대통령 보좌관들에게 얻어맞는 중이다.

"안 된다! 이놈들아! 이건 절대 안 된다."

"안 되긴 뭐가 안 돼?"

"이놈들아! 이건 소중한 문화재란 말이다."

"그래! 그건 한국의 문화재지. 그리고 우리 조상들이 약탈해 온 거잖아."

"맞아! 일종의 장물인 셈이지. 근데 왜 안 내놔?"

"이건 절대로 못 준다. 절대로!"

퍼억—!

"크허억!"

누군가의 주먹이 도서관장의 늑골을 후려갈기자 낮은 비명을 지르며 엎어진다.

퍼억! 픽! 퍼픽! 퍼퍼퍼픽—!

직지심체요절을 움켜쥔 채 엎어져 있던 부르노 라신의 동체 위로 구둣발이 쇄도한다.

"컥! 아악! 케엑! 크흑! 으악! 악!"

부르노 라신은 절대 직지심체요절을 내놓을 수 없다는 듯 잔뜩 웅크렸지만 간을 후려갈기는 구둣발에 비명을 지르며 혼절해야만 했다.

"쓸모없는 고집쟁이!"

"그냥 쏴버릴까?"

대통령 보좌진 중 하나의 말에 누군가 시선을 돌려 CCTV를 살피더니 고개를 흔든다. 혼절하여 반항할 수 없는 상대를 쏘아 죽이면 살인범이 되는 때문이다.

"직지심체요절과 정리의궤를 확보한다."

"네!"

보좌관의 명령이 떨어지자 수행원들이 책을 챙겼다. 이때 보좌관의 휴대폰이 부르르 진동한다.

"네! 보좌관 루이나 빌라플랑입니다. 네, 네! 아! 네에, 알겠습니다. 네! 모두 챙겨 가겠습니다."

대통령 비서실장의 전화를 받은 루이나는 수행원들로 하여금 외규장각 도서들을 몽땅 챙기도록 명령을 내렸다.

이때 혼절의 나락에서 깨어난 부르노 라신이 루이나 빌라플랑이 내리는 명령을 들었다.

"안 된다! 이놈들아. 안 된다고······."

도서관장이 비명처럼 소리를 지를 때 관장실 문이 벌컥 열린다. 도서관 직원들이 들이닥친 것이다.

"아! 알렉스, 앙리. 이놈들을 막아."

도서관 직원들은 엉망이 된 관장실을 보곤 쌍심지를 돋운다. 그러고는 정체모를 괴한들에게 달려들었다.

떼강도가 든 것으로 오인한 것이다.

"뭐야? 막아."

퍽! 퍼퍽! 퍼퍼퍽!

"으악! 아악! 케에엑!"

도서관 사서들은 일방적으로 두들겨 맞았다. 루이나 빌라
플랑은 일을 복잡하게 만드는 부르노 라신을 째려본다.

잠시 그대로 멈춰 있는 듯하더니 루이나의 오른발을 축으
로 왼발이 허공을 가른다.

휘익ㅡ! 퍼억ㅡ!

"케에엑!"

와당탕탕ㅡ!

깔끔한 뒤돌려 차기에 관자노리를 얻어맞은 부르노 라신의
동체가 자빠지면서 뒤에 있던 집기들을 흐트러뜨렸다.

한때 프랑스 올림픽 대표 팀 태권도 선수였던 루이나 빌라
플랑의 실력은 아직 녹슬지 않은 모양이다.

한편, 강력한 뒤돌려 차기에 맞은 부르노 라신은 염라대왕
과 면담 중이다.

그런데 염라대왕이 고개를 흔든다. 꼴통 중의 상 꼴통인지
라 지옥에서도 받아들이기 싫은 것이다.

뒤로 자빠지면서 협탁 모서리에 뒤통수를 찢은 부르노 라
신은 나직한 신음과 더불어 정신을 차린다.

"끄으응……!"

몸을 일으키려던 부르노 라신은 뭔가 이상함을 느꼈다. 몸

이 마음대로 움직이지 않은 것이다.

"끄응!"

다시 힘을 주어봤지만 목 아래쪽이 말을 듣지 않는다. 일시적으로 전신마비가 된 결과이다.

이 순간 대통령 보좌관 일행은 외규장각 도서를 찾기 위해 자리를 비웠다.

허락 없이 훔쳐간 문화재를 내놓지 않으려고 지랄하던 놈만 바닥에 누운 채 끙끙거리고 있다.

염라대왕마저 거부한 개 꼴통의 최후이다.

같은 시각, 국립동양어학원 원장은 찍소리 않고 달라는 걸 모두 내주고 있다. 너무 협조적인지라 보좌관은 공석이 된 국립도서관장 자리에 관심이 있는지를 물었다.

당연히 위(Oui, Yes)이다.

문화재를 반환받으려고 각계인사들이 온갖 애를 써도 안 되던 일이 단숨에 해결되었다.

대통령궁으로 향하는 주불한국대사는 굳은 표정이다. 일련의 사태는 이미 인터넷을 통해 한국으로 전해진 상태이다.

당연히 온갖 게시판이 시끌벅적하다.

—와아! 분명 우리나라 사람 같은데 대체 누구지?

—직지뿐 아니라 외규장각 도서 전부 반환한다는 거지?

—그래! 프랑스 놈들이 훔쳐간 거 전부 돌려준대!

―만쉐이~! 이 정도면 훈장을 수여해야 함.

―맞아! 훈장 수여하고 국가유공자 지정해야 함.

―누군지 정말 큰일 했네. 고마워요!

―프랑스 파리국립도서관에는 병인양요 때 약탈해 간 의궤도
서 191종 297책뿐 아니라 소학집성(小學集成)과 보천가(步天歌),
팔세아(八歲兒) 등 32점이 더 있음.

―문화재청 직원임? 어떻게 그렇게 잘 알음?

―한국인이라면 당연히 알아야 함.^^

―쓰블! 아무래도 난 한국인이 아니었나 봄.

　프랑스의 문화재 반환 소식은 모든 정치적 문제까지 단숨에
덮어질 정도로 게시판이 펄펄 끓었다.

　이런 상황에서 혹시라도 처신을 잘못하여 문화재 반환이
취소된다면 대사 자리를 내놔야 한다. 그렇기에 주불한국대
사는 잔뜩 긴장된 표정으로 있다.

*　　　　*　　　　*

　"잡혔어?"

　"네! 지금 막 체포되었어요."

　잠시 후 텔레비전에서 속보가 뜬다.

―비행기 테러범 모두 체포!

이슬람 국가 IS대원으로 확인됨.

화면 아래에 3명의 아랍인들에게 수갑을 채우는 장면이 방영되었다. 이들은 카메라를 보고 소리를 지른다.

―알라후 아크바르! 알라후 아크바르! 알라후 아크바르!

알라후 아크바르는 '신은 위대하시다' 라고 해석되는 무슬림의 신앙 고백이다.

열심히 지껄이며 무언가를 꾹꾹 누르는 모습이 보였다. 그런데 아무런 반응도 없다.

"뭐지?"

"놈들이 자폭용 폭탄을 깔아놨어요."

체포되면 어차피 죽을 목숨이다. 하여 하나라도 더 죽일 목적으로 은신처 입구에 폭탄을 배치해 둔 것이다.

"그래? 근데 왜 안 터져?"

"저곳은 현재 모든 전자파가 차단돼서 그래요."

"EMP(Electromagnetic Pulse) 장치를 쓴 거야?"

모든 YG―4500에겐 원하는 범위만큼 모든 전자기기의 사용을 불가능하게 하는 장치가 있다.

조금 전까지 주변에 있던 신이호가 보이지 않는 걸 보면 저곳으로 보낸 모양이다.

"조금 있으면 이륙인데 또 지연되면 귀찮잖아요."

"그건 그래!"

"폭탄을 알려줄까요? 말까요?"

"문화재가 또 있어?"

"있기는 있지만 매번 뭘 달라고 하면 그렇잖아요. 그러니까 이번엔 그냥 서비스로 알려주죠."

"맘대로 해."

도로시는 다시 올랭드 대통령에게 전화를 걸었다.

잠시 후 놀란 경찰들이 헐떡이며 되돌아온다. 그러고는 포장되어 있는 돌들을 뽑아내기 시작했다.

폭탄이 설치된 위치를 통보받은 것이다.

"차, 찾았다! 여기야, 여기!"

누군가의 고함에 경찰들이 우르르 달려들어 돌들을 뽑아냈다. 그러자 쿠킹호일로 싸인 C4들이 나타난다.

가로 세로 각각 10cm이고 높이는 5cm쯤 되는 것이 여러 개 박혀 있다. 이게 터졌다면 조금 전 이곳에 있었던 경찰특공대원 전부가 폭사했을 것이다.

"조심! 조심! 이거 폭탄이야."

"알아, 안다고."

폭탄이라는 말에 구경하고 있던 시민들이 후다닥 물러선다. 그리고 들고 있는 휴대폰으로 폭탄을 끄집어내고 있는 특공대원들을 찍는다.

*   *   *

"대표님! 탑승 시작되었어요."

"어! 그래."

TV속보를 눈여겨보고 있던 현수가 자리에서 일어섰다. 신일호와 신이호는 예리한 시선으로 주변을 살핀다.

공항 내부에 있기에 지금은 위성의 보호를 받을 수 없기 때문이다.

프랑스 경찰들은 빠르게 움직여 6개 역에 설치된 폭탄을 찾아냈다. 발견된 C4의 양과 위치는 각각의 역이 붕괴되면서 수많은 사상자를 발생시킬 만큼 많았다.

이를 복구하기 위한 비용도 상당히 많이 들 정도로 절묘한 위치였다.

건축공학이나 구조역학에 일가견이 있는 자의 자문이 있었을 것으로 파악하고 전문가들에 대한 내사에 착수했다는 보도도 있었다.

아무튼 파리 시민 모두 놀란 가슴을 쓸어내리는 중이다.

이 와중에 주불한국대사가 대통령궁에서 직지심체요절 및 정리의궤 등을 반환받는 모습이 보도되었다.

한국에선 전세기를 띄워서라도 반환된 문화재를 즉시 국내로 반입해야 한다는 목소리가 컸지만 정부 어디에서도 그런 움직임이 전혀 보이지 않는다.

결정권자 대부분이 비명과 신음을 지르기에도 바쁜 때문이고, 대통령은 여전히 드라마 삼매경에 빠져 있는 상황이다.

일부 하위직 청렴 공무원들의 고군분투가 없었다면 거의 무정부 상태라 해도 과언이 아닐 정도이다.

분노한 시민들이 광화문과 서울시청 앞 광장 등에 집결하기 시작했다.

인천, 춘천, 강릉, 대전, 청주, 광주, 전주, 목포, 울산, 대구, 창원, 부산, 제주 등에서도 같은 움직임이 일고 있다.

집권여당 입장에서 보면 민란이라 해도 과언이 아닐 정도지만 발포명령을 내릴 만한 위치에 있는 놈들 대부분이 에이프릴 증후군으로 죽어가는 중이다.

이들의 명령을 받을 경찰이나 검찰 고위직들도 마찬가지이다.

멀쩡하게 직무를 수행하고 있는 공무원들은 부정부패와 연루되지 않았다. 아울러 지극히 상식적인 판단을 내릴 수 있는 양심의 소유자들뿐이다.

그렇기에 제주 4.3사건이나 5.18 광주민주화항쟁 때와 같은 발포명령은 내려지지 않고 있다.

광화문 광장에 집결한 이들은 일제히 대통령 탄핵과 하야를 요구하는 목소리를 내기 시작하였다.

대한민국의 국운이 바뀌려는 조짐이다.

이런 와중에 시민들의 항의가 빗발치자 외교부 고위 관리가 기자회견을 자청했다.

그러고는 반납되는 양이 얼마나 되는지 알 수 없어 전세기를 띄우는 것은 일종의 사치라면서 외교행낭[22] 에 담겨 화물로 발송될 예정이라는 짤막한 성명만 발표하였다.

이에 국민들은 공무원들의 복지부동에 치를 떨었다.

촛불을 든 국민들은 외교부 개혁도 구호에 포함시켰다.

국민이 낸 혈세로 월급을 받는 공무원 나부랭이들이 자신들의 위치를 국민보다 상위 계급인 걸로 착각하고 있으니 모조리 쇄신하자는 목소리이다.

---

22) 외교행낭(pouch): 본국 정부와 재외공관 사이에 문서나 물품을 넣어 운반하는 가방. 일반 화물과 마찬가지로 민간여객기나 수송기를 통해 운반된다.

Chapter 07
—
킨샤사로 가는 길

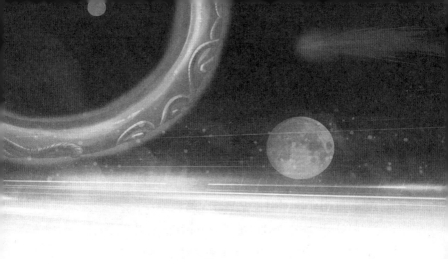

"무슨 목적으로 거길 가십니까?"

"내가 그걸 왜 말해야 하죠? 나는 입국자가 아니라 출국자입니다."

"그래도 말씀하셔야 탑승하실 수 있습니다."

현수를 바라보는 출국심사관의 눈에는 현수를 고깝게 보는 빛이 가득했다. 남아공 여권을 내밀자 위조된 것인지 검사부터 하겠다던 놈이다. 인종차별주의자인 모양이다.

현수는 놈의 명찰을 살펴보았다.

'도로시! 이놈 샅샅이 털어봐.'

'넵! 앙리 쉐리헬. 44세. 기혼이고 두 명의 자녀가 있습니

다. 현재 살롱 여급 2명과 불륜관계에 있으며, 면세품을 빼돌려 상당한 재산을 모아두었네요.'

'그래? 불륜의 증거는?'

'샹젤리제 거리의 백화점에서 며칠 전에 향수와 다이아몬드 반지를 샀어요. 카드 사용내역을 보니 한두 번이 아니네요. 놈의 아내는 사실을 모르는 듯해요.'

'알았어! 놈의 아내에게 불륜 사실을 알리고 증거를 넘겨줘. 그리고 국세청과 경찰에 불법 사실을 통보하고.'

'넵! 즉시 시행합니다.'

대화를 마친 현수는 출국심사를 맡은 앙리 쉐리헬에게 시선을 주며 싱긋 웃었다. 그러자 왜 묻는 말에 대답하지 않고 웃기만 하느냐는 표정으로 노려본다.

"출국 목적을 이야기하지 않으면 당신은 못 나가."

"당신 돌았어? 여긴 입국심사장이 아니라 출국장이야."

"알아! 내가 바본 줄 알아? 아무튼 출국 목적은?"

"미친……! 다른 심사관에게 갈 거야. 여권 내놔."

"노, 노! 그건 불가능. 당신은 내게 출국 목적을 분명하게 소명해야 해. 안 그럼 못 나가."

"그래? 누가 당신에게 그런 권력을 주었지?"

"크크! 그건 네가 알 바 아니지."

앙리 쉐리헬이 '악당의 웃음을 짓는다.

"보아하니 곧 이혼당하겠네. 직장에선 잘리고, 교도소에 간히겠어. 앙리 쉐리헬! 네 운은 끝났어."

"뭐야? 뭐라고?"

쉐리헬이 발끈하여 소리칠 때 그의 휴대폰이 울린다.

나쁜 놈!

고작 여급이랑… 그것도 2명이랑!

너 짐승이니?

이러려고 날 쫓아다녔니?

당장 이혼 서류에 도장이나 찍어! 이 망할 놈아.

"……!"

앙리 쉐리헬이 아내로부터 온 메시지를 보고 이건 대체 뭔가 하는 표정을 지을 때 경찰관이 다가서고 있었다.

"앙리 쉐리헬! 면세품을 빼돌려 축재한 죄로 당신을 체포합니다. 당신은 변호사를 선임할 수 있으며……."

앙리는 손목에 채워지는 수갑을 보며 믿을 수 없다는 표정을 지었다. 이때 현수의 입이 열린다.

"내가 그랬지? 이혼당하고 체포된다고… 너는 감옥에서 오래 썩을 거야."

"어, 어떻게……?"

앙리 쉐리헬은 믿을 수 없다는 표정이다. 동양인이 말하는 대로 이루어지고 있었던 때문이다.

"징역 12년! 그게 네가 받을 형량이야. 그 안에서 반성해."

앙리는 멍한 표정이다. 그러다 문득 표정이 바뀐다.

"저, 정말? 정말 12년이야?"

현수가 한 말은 도로시가 프랑스 법률을 검토하여 내린 결론이다. 이곳 법관들이 법대로 처리한다면 받게 될 형량이기에 자신 있는 표정이다.

"아주 독한 판사를 만나면 15년이 될 수도 있지. 그럼 넌 59세나 돼야 출옥하게 될 거야. 인생 끝난 거지."

"…이잇! 이이잇!"

와락! 콰당탕! 와장창창—!

도주하려던 앙리를 경찰이 잡아채자 바닥에 쓰러지면서 출국수속대에 있던 것들이 모두 쏟아졌다.

당연히 모두의 시선이 쏠렸다. 이 순간 경찰이 권총을 뽑아 들었다. 도주하려던 범죄자이니 여차하면 쏘겠다는 뜻이었지만 공항에 있던 사람들에겐 달리 받아들여졌다.

"아앗! 테러다! 테러야! 모두 도망가!"

와아아아아아—!

누군가의 외침에 공항은 난리가 벌어졌다. 테러에 예민해져 있던 차이기 때문이다.

그 결과 배낭, 캐리어 등이 아무렇게나 널브러져 있고, 선글라스와 구두 등도 여기저기 떨어져 있다.

탑승수속을 받던 승객과 승무원 및 출국심사대에 있던 공무원들이 일제히 도망가면서 흘린 물건이다.

현수만 아무렇지도 않은 표정으로 서 있다.

"이봐! 나 출국해야 해. 얼른 도장 찍어줘."

"너어, 너어……!"

앙리 쉐리헬이 현수를 째려볼 때 경찰이 나선다.

"이자는 방금 체포된 범죄자입니다. 미안하지만 다른 출국 심사관이 올 때까지 기다려 주십시오."

"쩝! 할 수 없죠. 알았습니다."

경찰관은 가지 않으려 발버둥 치는 앙리 쉐리헬을 질질 끌고 갔다.

"너, 너어……!"

뭔가 할 말이 있는 표정이지만 거리가 멀어졌고, 대피했던 사람들이 몰려들면서 앙리의 모습이 보이지 않게 되었다.

"징역 12년 맞지?"

"말씀하신 대로 독한 재판관이 배당되도록 했어요. 이제 15년이죠."

감히 황제에게 무례하게 군 죄를 물었다는 뜻이다.

"알았어, 출국이나 하자고."

잠시 후 다른 심사관이 왔다. 여권과 퍼스트 클래스 탑승 권을 확인하고는 바로 도장을 찍는다.

앙리 쉐리헬은 새파랗게 젊은 동양인이 1등석 탑승권을 내밀자 괜한 부아가 끓어올라 몽니를 부리다 신세를 망친 것이다. 고양이는 호기심 때문에 죽지만, 인간은 괜한 시기심 때문에 신세를 망친다.

*　　　　*　　　　*

"흐음! 이 냄새는 정말 오랜만이군."

은잘리 공항에 도착한 현수는 아련한 향수에 젖었다.

2,930년쯤 전에 맡았던 콩고민주공화국 특유의 말로 표현하지 못할 냄새가 일깨운 기억 때문이다.

"가시죠."

신일호는 슬쩍 현수의 허리를 밀었다. 뒤쪽으로부터 다가서는 다른 승객들의 앞길을 막은 셈이기 때문이다.

"응! 그래. 그나저나 여긴 여전하군."

국제공항이라 하기엔 너무도 초라하다. 공항 밖으로 나가면 곧바로 비포장도로가 나올 것이다.

"그나저나 종자 확인했어?"

"그럼요! 걱정 붙들어 매세요."

미국 농무부가 지난 8월 10일에 발표한 자료에 의하면 2016년 콩 수확량은 1에이커 당 50부셸[23], 옥수수는 175부셸 정도이다.

---

23) 부셸(bushel): 과일, 곡물의 중량 단위. 1부셸은 소맥 또는 대두는 27.2kg(60파운드), 옥수수는 25.4kg(58파운드)이다. 영국에서는 1부셸이 28.1kg, 미국에서는 27.2kg으로 사용된다.

이를 한국식으로 환산해 보면 콩은 1평당 1.11㎏, 옥수수는 3.36㎏ 정도 생산했다는 뜻이다.

아제르바이잔에 머물고 있는 동안 도로시는 위성과 연결하여 벼, 보리, 밀, 옥수수, 콩 등 주요작물의 종자 보유 현황을 파악한 바 있다.

현수가 대지의 성녀 스테이시 아르웬과 더불어 개량에 개량을 거듭한 끝에 만들어진 슈퍼곡물의 종자이다.

지구의 콩은 콩과에 속하는 1년생 초본으로 생육기간은 90~160일 범위에 속한다. 옥수수는 90일 정도 걸린다.

현수와 스테이시가 최종본으로 개량한 콩은 65일, 옥수수는 75일만에 수확하는 신품종이다.

이렇듯 생육기간은 짧아졌지만 생산량은 대폭 늘어났다. 키가 줄어드는 대신 종자로 자양분이 몰리게 된 결과이다.

콩의 평당 수확량은 20㎏, 옥수수는 74㎏이니 각각 현존작물의 18배와 22배 정도이다.

둘의 특징은 거친 땅에서도 잘 자라는 것과 병충해에 매우 강하다는 것이다. 아울러 극심한 가뭄에도 잘 견딘다.

대지의 여신의 가호에 숲의 여신이 된 아리아니의 축복이 더해진 결과이다.

아무튼 2016년 미국의 콩 수확량은 45억 부셸이고, 옥수수는 143억 부셸이다. 전 세계 생산량의 절반이 넘는다.

콩의 재배면적은 36만 4,217㎢, 옥수수는 33만 686㎢ 정도이다. 둘을 합치면 69만 4,903㎢이니 대한민국 전체의 약 7배에 달하는 광활한 면적이다.

개량된 종자로 같은 양의 콩과 옥수수를 얻으려면 콩은 2만 234㎢, 옥수수는 1만 5,031㎢의 땅이 필요하다.

그런데 늘 비슷한 온도를 유지하는 콩고민주공화국에서 재배한다면 콩은 1년에 5모작, 옥수수는 4모작이 가능하다.

이런 경우에 콩은 4,046㎢, 옥수수는 3,758㎢ 정도의 토지만 있으면 된다. 둘을 합치면 7,804㎢이다.

현수가 러시아에 앞서 콩고민주공화국에 가기로 결정지은 이유 중 하나는 바이롯 때문이다.

바이롯은 보라색(Violet)과 홍당무(Carrot)의 합성어로 아무런 부작용도 없는 천연 비아그라이다.

도로시가 보관하고 있는 자료들에 의하면 바이롯은 전단토(田丹土)에서만 제대로 생육된다. 다른 토양에서 재배해도 성장은 하지만 특유의 효능은 모두 사라진다.

아무튼, 전단토는 하얀 색깔의 흙으로 흔치 않은 물질이다. 한국에도 있기는 하지만 소량뿐이다.

확인된 바에 의하면 지구의 전단토 대부분이 콩고민주공화국, 그것도 옛 현수의 저택 뒤쪽에 흩어져 있다.

정말 운 좋게 발견했던 것이다.

"흐음! 콩과 옥수수까지 재배하려면 최소한 2만㎢ 정도는 조차를 받아야 한다는 뜻이네. 될지 모르겠어."

바이롯 재배를 하려면 농토와 도로가 있어야 하고, 농사일을 할 사람들이 머물 거주지도 필요하며, 농기구와 보관 창고 등도 필요하다.

근데 바이롯만 재배하면 빼앗기게 될 수도 있다. 따라서 이 목을 가리기 위한 다른 작물의 재배를 생각해 본 것이다.

아주 오래전엔 콩고민주공화국의 실세인 조제프 카빌라 대통령과 가에탄 카구지 내무장관의 전폭적인 지원이 있었기에 아주 쉽게 조차지를 얻어낼 수 있었다.

현재 가에탄 카구지의 아들 제프 카구지는 급성 림프모구 백혈병에 걸려 있는 상태이고, 아내인 로라 카구지는 유방암 초기 정도가 되었을 것이다.

'킨샤사 경찰청장인 후조토 쿠아레의 아들 폴 쿠아레는 어떤 상황이지?'

'폴은 교통사고 후 영국으로 가서 수술을 받았으나 의식불명인 상태로 장기 입원 중이에요.'

'어느 병원이야? 혹시 킨샤사에 있어?'

'네! 비암바 마리 무톰보 종합병원에 있어요.'

NBA의 전설인 디켐베 무톰보(Dikembe Mutombo)가 본인의 어머니 이름을 따서 지은 종합병원이다.

'상태는? 호전될 확률은 있어?'

'뇌가 문제예요. 대뇌피질이 손상되어 운동기능이나 의식이 정지된 상태예요. 현재는 뇌간이 담당하는 호흡 기능, 소

화 기능, 그리고 심장의 박동 기능만 가능해요.'

'그래?'

'이 병원 신경외과 과장이 해외 유명의사들에게 환자상태를 노티(Notification)했는데 모두 고개를 저었어요.'

호전 가망성이 없다는 뜻이다.

'그렇군! 그럼에도 엘릭서를 투여하면…?'

'그야 당연히 호전되죠. 금방 깨어날 거예요.'

숨만 넘어가지 않았다면 어떠한 병이라도 말끔하게 치료해낸다는 전설의 영약이니 당연한 대꾸이다.

'혹시 CT나 MRI 자료 있어?'

'넵! 잠시만요.'

비암바 마리 무톰보 종합병원에는 비싼 의료장비인 CT와 MRI가 없다. 그리고 뇌수술을 집도할 의료진도 없다.

하여 사고 직후 응급처치가 끝나자마자 영국의 The Royal London Hospital로 이송시켰다.

위중한 상태였지만 혹시나 하는 마음 때문이다.

런던에 도착했을 때 또다시 응급상황이 발생되어 재수술을 받았는데 그 결과가 의식불명이다.

여러 검사를 해봤지만 원인도 불명이다. 하여 폴은 그곳에서 약 1년을 머물렀다.

그러고는 다시 이곳 킨샤사로 옮겨졌다.

폴은 의사의 보살핌을 받지 못하면 7일을 넘기기 힘들다.

그래서 세 명의 의료진이 영국에서 특별연수를 받았다. 아버지가 권력자가 아니라면 절대 누릴 수 없는 호사이다.

*   *   *

'자연스러운 접근 방법으로 뭐가 있을까?'

'글쎄요? 뭐라 드릴 말씀이 없네요.'

현재로선 아무런 연고도 없는 국가이다. 따라서 묘안이 필요한 시점이다.

"대표님! 모시겠습니다."

입국수속을 마친 신일호의 얼굴엔 짜증이 섞여 있다. 입국심사를 하던 놈이 대놓고 뒷돈을 요구한 때문이다.

이실리프 제국에는 부동산 소유와 세금, 그리고 종교만 없는 것이 아니다. 뇌물, 청탁, 사기 등도 없다.

당연히 뒷돈을 줄 이유도 없고, 의사도 없다. 그랬더니 순서를 맨 뒤로 빼놓고 다음 입국자를 불러들였다.

이를 두고 볼 신일호가 아니다. 하여 입국심사 담당을 집중적으로 촬영했다.

놈의 얼굴과 대화 내용, 받은 뇌물 등이 확연히 드러나도록 찍은 영상은 즉각 놈의 상사에게 보내졌다.

그런데 반응이 없었다. 하여 신이호가 나섰다. 광학스텔스 기능을 켠 상태라 눈에 보이진 않는다.

놈의 상사인 출입국관리소장은 자신의 사무실에서 낮술에 취한 채 정부(情婦)와 방사를 벌이고 있었다.

누가 봐도 실시간임을 확인할 수 있도록 벽시계와 사무실 밖 풍경까지 녹화된 것이다.

이 장면 역시 고화질로 녹화되었고, 곧바로 상위부서인 법무부를 관장하는 알렉시스 탐브웨(Alexis Thambwe) 법무장관에게 보내졌다.

대통령과 반군에 대한 회의를 하던 중 수신된 MMS메시지를 확인한 장관의 안색은 금방 터질 것 같이 변했다.

대낮에 딸보다도 어린 아가씨와 엉켜 있는 모습의 장본인이 자신의 조카였기 때문이다.

"장관! 뭐 급한 일 있소?"

대통령과 내무장관, 그리고 국방장관의 시선을 받은 알렉시스 탐브웨는 잠시 머뭇거렸으나 메시지를 감추진 않았다.

콩고민주공화국은 1965년부터 1997년 5월까지 인민혁명당이 지배하는 일당 독재국가였다.

그러다 1997년 5월 로랑 카빌라가 이끄는 쿠데타가 성공하게 되었다. 아들인 조제프 카빌라는 2001년 초 부친인 로랑 카빌라 전 대통령이 암살되자 대통령직을 이어받아 현재까지 집권하고 있다.

헌법으로 대통령의 3선이 금지되어 있으니 올해 12월 말까지가 임기이다.

다시 말해 올해가 대통령직에 머무는 마지막 해이다. 하지만 법대로 되진 않을 듯하다.

반군들 때문이다.

동부지역을 장악하고 있는 반군들로 인한 비상사태인지라 대통령 선거가 제대로 치러질 수 없는 상황이다.

하여 계속 대통령직을 수행해야 할 확률이 매우 높다.

어쨌든 권력자라면 누구나 유종의 미를 거두길 원한다.

하여 보다 발전되고, 도덕적인 콩고민주공화국이 되길 바라고 있는데 공무원이라는 놈들이 대낮에 정부와 정사를 벌이고 있거나, 외국인 입국자들로부터 노골적으로 삥이나 뜯고 있는 모습을 보았다. 당연히 노발대발이다.

지금쯤 내무장관의 명령을 받은 공항경찰들이 쏜살처럼 둘을 체포하러 달려가고 있을 것이다.

"벌써 수속이 끝났다고?"

이 시기의 아프리카 공무원들이 어떤지 누구보다도 잘 알기에 물은 말이다.

"네! 이제 나가시면 됩니다."

신일호의 말이 떨어질 때 입국심사대에 있던 공무원은 체포되고 있었다. 분노한 대통령이 출입국사무소장과 입국심사관의 즉각적인 구속을 명령한 결과이다.

그간 못된 짓으로 꿍쳐놓았던 돈은 몽땅 빼앗길 것이고, 열악하기 그지없는 감옥에서 긴 세월을 살아야 할 것이다.

일벌백계의 표본이 되어야 하는 때문이다.

공항을 둘러보았으나 어디에도 이춘만 지사장의 모습이 보이지 않는다. 아제르바이잔을 떠날 때 최 부장이 연락해 놓는다고 했는데 아무래도 또 통신두절 상태인 듯싶다.

그게 아니라면 한잔 마시고 뻗어 있을 수도 있다.

"그래, 나가지."

현수는 신일호와 신이호의 엄중한 경호를 받으며 공항을 빠져나왔다. 눈에 보이지는 않지만 신삼호과 신사호 역시 현수를 경호하는 중이다.

누구든 허튼짓을 하려고만 해도 척추가 접히거나 복부에 큰 구멍이 뚫리게 될 것이다.

"어디로 모실까요?"

"일단 킨샤사 지사로 가야 하지 않겠어?"

"넵! 잠시만 기다려 주십시오."

신이호가 빠르게 나가 택시를 잡았다.

시내까지는 도로포장이 되어 있어 큰 어려움 없이 지사 사무실에 당도했다.

현수는 양철 벽에 쓰인 'Cheon Ji Construction'이란 글씨를 보고 잠시 회상에 잠겼다.

아주 오래전을 떠올린 것이다.

현수가 처음 이곳에 왔을 땐 천지건설 킨샤사 지사라는 아무런 표식도 없었다. 잉가댐 공사 이야기가 나온 이후 방문자들이 보다 쉽게 알아볼 수 있도록 이춘만 지사장이 페인트를 사다 직접 쓴 글씨이다.

'아무것도 없는데도 이걸 쓸 생각을 하셨나 보네.'

현수의 입가에 작은 미소가 어렸다. 고생했을 모습을 떠올린 것이다. 주변을 한번 둘러보고는 양철문을 두드렸다.

쿵쿵쿵─! 쿵쿵쿵─!

"계십니까? 아무도 안 계세요?"

"뉘슈~?"

"이춘만 지사장님 계십니까?"

"아! 잠시만요."

한국어 대화였기에 적어도 현지인은 아니라 생각했는지 이내 문이 열린다.

삐거덕~!

녹슨 경첩이 아프다는 듯 비명을 지르자 문이 열린다. 그리고 낯익은 얼굴이 보인다.

헝클어진 머리카락, 짙은 다크서클, 그리고 막 자라난 수염과 추레한 의복! 아무런 희망 없이 기러기 아빠 생활을 해서 그런지 조금은 피폐해 보였다.

"누구십니까?"

이춘만 지사장 입장에선 처음 본 얼굴이라 그런지 다소 의아한 표정으로 바라본다.

"아! 연락 못 받으셨나 보네요."

"연락이요? 아! 본사에서 여기로 발령을 낸 거요?"

왜 찾아왔는지 이해가 된다는 듯 고개를 끄덕인다. 그런데 현수의 얼굴이 어려 보여서 그런지 반쯤 말을 내린다.

"발령은 아니고요. 이리로 간다니까 이춘만 지사장님의 안내를 받으라고 하더군요."

말을 하면 자연스레 명함을 건넸다.

$$\sum_{k=1}^{\infty} k$$ **Cheon Ji Construction Corp.**

Senior Managing Director **Heins Kim**

Tel : 02-488-0000 ext. 119

Chonhoro 11, Cheon Ji Bldg. 34th floor

Gangdonggu Seoul Korea

"흐음! 시니어 매니징 디렉터라고하면 직급이… 가만 있자, 시니어 매니징 디렉터? 헉―! 전무이사님이십니까?"

이 지사장은 화들짝 놀라며 눈을 크게 뜬다. 도저히 믿기지 않는다는 표정이다.

"너무 어려 보이지요? 전무가 된 지 얼마 안 되었습니다. 반갑습니다. 하인스 킴이라 합니다."

"아! 네에. 이춘만 지사장, 아니, 과장입니다."

"압니다. 말씀 많이 들었습니다. 흠! 여기가 지사군요."

입구가 너무 누추해 보인다. 알고는 있었지만 새삼스럽다.

"아! 이런… 어서 안으로 드시지요."

킨샤사의 9월은 무척 덥다. 지금은 뜨거운 태양이 이글거리는 시간이며, 습도가 높아 후텁지근하기도 하다.

"네에."

이춘만 과장의 뒤를 따라 안으로 들어가니 마투바가 한국 드라마 삼매경에 빠져 있었다.

'내 이름은 김삼순'이라는 고전 드라마를 보고 있었던 것 같다.

한 손에는 맥주병이 들려 있었는데 반쯤 벌어진 입으로 파리가 들어가려 하자 손을 휘저어 내쫓는다.

잊고 있었던 정겨운 모습이다.

"마투바! 손님 오셨어. 어서 일어나."

"에? 아! 네에."

이 지사장이 버럭 소리를 지르자 마투바가 소스라치게 놀라며 벌떡 일어선다.

땡~! 때구르—! 와르르르—!

마투바가 들고 있던 맥주병을 잘못 내려놓아 이춘만 지사장과 함께 마셨던 것들이 쓰러지면서 내는 소리이다. 이 지사장은 혹시 현수가 보았을까 싶은지 슬쩍 눈치를 살핀다.

근무 중 음주로 오해할 수 있기 때문이다.

이때 현수는 짐짓 시선을 돌려 예전의 모습을 떠올리고 있었다.

'여긴 변한 게 없네.'

이때 신일호와 신이호가 들어섰다.

텅—! 터텅—!

문이 닫히자 이내 어두워진다. TV만 켜져 있기 때문이다.

딸깍—!

이 과장이 형광등 스위치를 올리자 다시 밝아진다.

"전무님! 이분들은 뉘신지……?"

어느새 들어선 신일호와 신이호의 덩치에 조금은 위축된 듯한 음성이다.

"아! 제, 보디가드들이에요."

나이와 직위로 보아하니 재벌가 자손인 듯싶다.

이런 오지에 재벌가 자손을 맨몸으로 보내지 않을 것이니 충분히 이해된다는 표정이다.

"그렇군요. 더우시죠? 음료수 드릴까요?"

"네! 시원한 거 있으면 아무거나 주세요."

"마투바, 음료수 부탁해."

"네! 지사장님."

눈치를 보아하니 이춘만 지사장이 대하기 어려운 사람들이 온 모양이다.

마투바는 얼른 냉장고에서 콜라를 꺼내왔다.

그나마 시원한 게 남아 있어서 다행이라 생각했다.

배탈이 나서 잠들어 있는 동생들이 멀쩡한 상태였다면 남아날 수 없는 게 콜라이다. 수돗물 사정이 좋지 않아 식수 대신 마시기 때문이다.

천지건설 킨샤사 지사는 손님 방문이 전혀 없다. 그래서 그런지 손님 대하는 법을 아직 모르는가 보다.

마투바는 콜라의 뚜껑을 따고는 현수는 물론이고 신일호와 신이호에게도 병째 건넨다.

"에구? 마투바야, 손님에겐 컵에 따라서 드려야지."

"어! 그런 거예요? 근데 마투바는 그냥 마셔요."

현수는 이런 사소한 걸로 트집 잡거나 따지지 않는 성품이기에 얼른 나섰다.

"아! 괜찮습니다. 앉아도 되죠?"

"아이고, 그럼요! 앉으세요."

이춘만 지사장은 본인의 침대 겸 소파인 야전침대를 손으로 쓱쓱 문질러 어질러진 것들을 치워냈다.

옆방에 본인 침대가 있지만 에어컨이 시원치 않아 이 자리에서 TV를 보다 잠들기 일쑤이기에 별의별것들이 너저분하게 널려 있었다.

이것들을 황급히 치우다 담요 아래 있던 빈 맥주 캔이 떨어지며 요란한 소리를 낸다.

땡그랑! 땡그르르—!

침대 밑에 잔뜩 세워져 있던 캔들이 우르르 굴러 내린다.

"하아! 이거 참! 죄송합니다."

이춘만 지사장은 허겁지겁 캔들을 챙겨보지만 쉽게 정리되지 않는다. 한 손에 두 개 이상 잡기가 힘들기 때문이다.

당황했는지 땀을 삐질 흘리는가 싶더니 곁에 있던 비닐봉투에 마구잡이로 담는다.

빈 맥주 캔뿐만이 아니라 콜라병과 우유병, 먹다 남은 햄 조각, 반쯤 뜯긴 과자봉지, 책, 재떨이, 부채 등이 함께 담긴다.

급하니까 아무거나 막 담는 것이다.

"에고, 천천히 하셔도 됩니다. 천천히 하세요."

"네에. 그러겠습니다."

"어라! 그건 회사 전언통신문 철(綴) 아닙니까?"

본사에서 지사로 보내는 팩시밀리를 철해두는 서류까지 비닐봉지에 담기기에 하는 말이다.

"아! 그렇군요. 죄송합니다."

"천천히 하셔도 됩니다. 여기 오기 전에 이쪽 상황이 어떤지 대강은 듣고 왔으니까요."

해외영업부와 감사실은 격년으로 직원을 보내 해외지사를 돌아보게 하고 실상을 보고받는다.

한국 외교부 해외공관 중 일부가 정상적이지 않다는 보도가 있은 후 신 사장이 지시를 내린 결과이다.

이곳은 지난 5월에 감사실 직원이 다녀갔다.

번듯한 사무실이 있는 것도 아니고, 직원들이 많이 파견되어 있지도 않다. 실적도 전무하다.

본사에서 대놓고 유배지라 표현하는 곳이기에 이 지사장이 없을 때 방문하여 10분쯤 슬쩍 둘러보곤 돌아갔다.

그러고는 '개판'이라는 보고서를 작성하여 제출했다.

대학교 학점으로 치면 'F'였다. 이 정도라면 아주 열악한 지사로 전보 발령을 내는 일종의 처벌이 내려진다.

그런데 그럴 곳이 없다. 킨샤사 지사가 천지건설 해외지사 가운데 가장 지옥에 가까운 곳이기 때문이다.

지사라고는 하지만 이 과장의 급여 이외에 30만 원 정도가 더 송금될 뿐이다.

사무실 개설과 유지도 할 수 없는 돈이다. 이 중 10만 원이 마투바의 급여이다.

한국인들에겐 적지만 콩고민주공화국 기준으론 상당히 높은 급여이다. 대통령 경호실에 속하는 특공경찰들의 급여가 10만 원 수준이기 때문이다.

마투바의 급여가 콩고민주공화국 최고 수준인 이유는 어린 동생들이 있기에 배려해준 결과이다.

어쨌거나 나머지 20만 원으로 식비와 차량유지비, 그리고 사무실 유지비용을 충당하고 있다.

이춘만 과장이 현지인에 준하는 생활을 하고 있기에 가능한 일이다.

　개인적으로 한국산 꽃무늬 원피스나 브라운관 TV 등을 수입하여 처분하는 가외 소득 중 일부는 사무실 임차비용으로 지불되고 있다.

Chapter 08
—
견적을 요청합니다

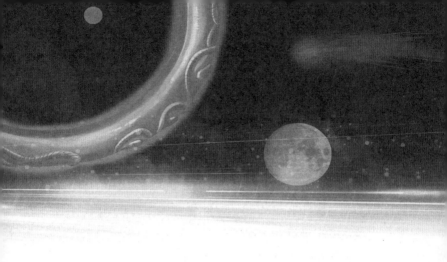

　어쨌거나 최규찬 해외영업부장은 이 보고서의 내용을 현수
에게 전달했다.

　킨샤사 지사가 엉망진창인 상황임을 주지시켜 준 것이다.

　사실 이곳 상황은 현수가 더 잘 알고 있다.

　말이 해외지사이지 실제로는 천지건설 박준태 전무 일당에
게 잘못 보인 이 과장의 유배지라는 것을!

　재직기간 동안 공사비 절감을 위해 다양한 아이디어를 내
놓아 전임 대표이사로부터 표창장을 세 번이나 받지 않았다면
진즉에 꼬투리를 잡아 명퇴시켰을 것이다.

　어쨌거나 반쯤 폐인의 모습인 된 이 과장은 침대 겸 소파

위의 잡동사니들을 주섬주섬 주워 담고 있다.

"에구……! 죄송합니다."

깜박~! 깜박~! 팟─!

이 지사장이 겸연쩍은 웃음을 지을 때 형광등이 꺼진다.

"이런……! 마투바! 발전기에 기름 채워놓는 거 잊었어?"

"아! 깜빡했다. 아까 동생들 똥 뉘느라…, 잠시만요."

마투바가 후다닥 튀어나가고 얼마 지나지 않아 나지막한
시동음에 이어 다시 형광등이 켜진다.

"여기 전기 사정이 좋지 못해서…, 죄송합니다."

이춘만 지사장은 몹시 미안해하고 있다.

사무 공간으로 쓴다고 본사에 알린 곳이 엉망이라 그러하
고, 본인의 상태도 그리 좋은 편이 아니라 그러하다.

이 지사장이 이런 꼴이 된 건 보나 마나 TV를 수입하여 재
미를 보려다 물먹어서일 것이다.

현수의 개입이 없었으니 기억대로라면 이 지사장이 수입했
던 TV가 담긴 컨테이너는 바닷물 속에 푹 적셔져 폐기되었을
것이다.

그게 아니라면 대당 1,000달러라는 어마어마한 뇌물을 먹
인 뒤에나 통관되었을 것이다.

전자였다면 쫄딱 망한 거고, 후자라면 전혀 재미 보지 못했
을 것이다.

두 경우 모두 이춘만 지사장의 기대와 다른 결과를 빚었을

것이니 시름에 잠겨 있는 것도 이해는 된다.

마음속 고통을 잊으려 잦은 음주와 흡연을 했을 터이니 몰골이 이 모양인 것이다.

잠시 후 야전침대가 본 모습을 드러낸다.

"누추하지만 여기 앉으십시오."

"아뇨! 괜찮습니다. 그나저나 건강은 어떠십니까?"

환경이 이렇듯 열악한데 어찌 지냈느냐는 뜻이다.

그리고 만나자마자 도로시가 이 지사장의 신체 상태를 스캔해서 보고한 바 있지만 부러 묻는 것이다.

혹시라도 본인의 상태를 모르고 있을 수 있는 때문이다.

"날씨가 덥고 습해서 먹는 게 시원치 않아 그런지 조금 기운 없는 것 빼고는 괜찮습니다."

영양가를 이야기하는 것이 아니다.

김치, 라면, 소주, 짜장면, 빈대떡, 치킨, 순대, 떡볶이 같은 것들은 구할 수가 없어서 이런 말을 하는 것이다.

― 신장 175.4cm   ― 체중 68.7kg
― 좌우시력 1.0, 0.8   ― 면역지수 46

이게 이 지사장의 신체 상태이다. 면역지수가 살짝 낮은 걸 빼면 크게 나쁘다 할 수 없다.

다만 세부사항으로 들어갔을 때 폐와 간, 그리고 신장이 우려될 뿐이다. 과도한 음주와 흡연 때문이다.

술 담배 줄이고 제대로 먹으면서 꾸준히 체력 단련을 하면 모두 괜찮아질 것이라는 것이 도로시의 진단이다.

"지사 유지비용은 얼마나 송금되나요?"

"네? 아, 본사에서 매달 300달러를 송금합니다."

"겨우 300달러요? 그건 너무 적네요. 그렇죠?"

"그, 그럼요! 조금 빠듯하죠?"

이춘만 지사장은 겸연쩍은 웃음을 짓는다.

"명색이 지산데 월 300달러는 너무했네요. 본사에 연락하여 즉시 상향시키도록 하겠습니다."

"아이구, 그러지 마십시오. 그러다 괜히 박 전무… 아, 아닙니다."

괜히 박준태 전무에게 밉보이면 회사 생활하기 어려울 것이라는 말을 하려다 얼른 얼버무린다.

새파랗게 어려 보이긴 하지만 박준태와 같은 전무이사라는 걸 떠올린 것이다.

"곰베에 사무실을 임대하려면 비용이 얼마나 드나요?"

곰베(La Gom be)지역은 킨샤사에서 가장 번화한 거리로 큰 회사나 외교단지 등이 소재해 있다.

시청과 관공서들이 모여 있으며 비교적 안전하여 외국인들이 주로 머무는 곳이다.

"곰베를 어떻게 아시는지 모르겠습니다. 근데 거긴 방 하나짜리 아파트의 임대료가 월 3,000달러 정도 됩니다."

깨끗하고, 안전한 대신 매우 비싸다.

입주하려면 석 달 치 월세에 해당하는 9,000달러를 선불로
내야 한다. 본사에서 보내주는 지사유지비 300달러로는 꿈도
꾸지 못할 곳이다.

이춘만 지사장은 본인이 유배 중이라는 것을 인식하고 있
다. 그럼에도 사직서를 쓰지 않는 이유는 캐나다에 머물고 있
는 자식과 아내 때문이다.

"여기서 공사를 맡게 되면 그럴듯한 사무실이 필요합니다.
여긴… 지사라 하기엔 너무 작고, 누추하네요."

"……!"

이 지사장은 아무런 대꾸도 하지 않았다.

이곳의 공사는 지나의 건설사들이 도맡아서 해왔다.

지금도 수십 건의 대형공사가 진행되고 있을 것이다. 뇌물
먹이는 데 천부적인 재능이 있으니 어쩌면 당연한 일이다.

잉가댐 건설공사도 지나의 건설사가 수주했었는데 현재는
공사가 중단된 것으로 알고 있다.

그 건설사가 반군과 붙어먹었다는 사실은 전혀 알지 못한
다. 그걸 드러낼 만큼 멍청하진 않기 때문이다.

부패한 공무원들은 지나의 건설사 직원들이 건네는 뇌물에
길들여졌고, 익숙하며, 의례적인 것이라 생각한다.

무엇을 처리하든 뇌물을 바치지 않으면 실무자의 손에서

떠나지 않는다. 결재권자들은 서류 구경조차 못하고 있다.

이 지사장은 현 상황에서는 천지건설이 공사를 수주하는 일이 결코 없을 것이라 생각하고 있다.

지사를 처음 개소하고는 건설부를 찾아갔었다.

외국의 건설사가 콩고민주공화국 정부가 발주하는 공사를 수주하려면 일정한 자격요건을 갖춰야 하기 때문이다.

규정에 따른 모든 서류를 완전하게 갖추고 이를 제출했을 때 건설부 공무원은 기다리라는 말을 하였다.

자체적으로 검토한 후 심사 결과 고지해준다고 하였다. 하여 이곳 지사에서 한 달이 넘도록 틀어박혀 있었다.

하도 연락이 오지 않아 혹시라도 전화에 문제가 있나 싶어 하루에도 열두 번은 통화 가능 상태인지를 확인했다.

그렇게 기다리는 것이 너무 답답해 한 달 만에 건설부를 다시 방문해서 심사 결과를 통보받지 못했다는 말을 했다.

그랬더니 아직 검토가 끝나지 않았다는 답변을 들었다.

그렇다면 언제쯤이면 확인 가능한지를 물었더니 그건 모르겠다는 그야말로 무책임의 끝장을 보여주었다.

그러면서 피식 웃음 짓고는 물러가라는 손짓을 했다. 한국 같으면 한바탕 뒤집어엎었을 것이다.

하지만 이곳은 콩고민주공화국이다. 하여 터덜터덜 되돌아올 수밖에 없었다.

그리고 또 한 달이 지났을 때 다시 건설부를 찾았다.

대체 언제쯤이면 가부가 결정되는지 알아보겠다는 오기의 발로이다. 그런데 아직도 검토가 끝나지 않았다는 대답을 또 들었다.

너무도 기가 막혀 피식 웃자 상대도 웃는데 상당히 기분이 나빴다. 괜히 무시당한 기분이 든 탓이다.

그래서 곧바로 돌아섰다. 밖으로 나와 혼자 구시렁대고 있을 때 사내 하나가 다가섰다.

"헤이, 미스터! 뭐가 잘 안 돼?"

"……?"

뭔가 싶어 바라보니 누런 이를 드러내며 웃는다. 대꾸하기도 귀찮아 발걸음을 떼려는데 한마디 한다.

"서류를 제출했는데 제대로 처리가 안 되고 있지? 그거 내가 해결해 줄게."

"……?"

뭔가 싶어 시선을 주니 얼른 말을 잇는다.

"건설사 등록이지? 3,000달러만 줘. 그럼 이번 주 내로 처리된다는 데에 내 손목을 걸지. 어때! 싸지?"

이날은 목요일이었다. 두 달 넘게 기다렸는데도 안 되던 일을 늦어도 이틀 이내에 해결해준다는 뜻이다.

그리고 자신이 무슨 용무로 건설부를 찾았는지 사전 정보가 있었다는 뜻이기도 하다.

건설부 직원을 알지 못하면 알 수 없는 정보였다.

"야! 이놈아. 3,000달러가 뉘 집 애 이름이냐? 그걸 달라고? 에이, 쓰벌~! 이놈의 나라는 뭐 이래?"

한국어로 대꾸한 이 지사장은 곧바로 돌아섰다.

"이봐! 그냥 가면 어림도 없는 일이란 걸 몰라? 좋은 말로 할 때 협상을 해."

"웃기네. 꺼져~!"

사내는 불어로 이야기했고 이 지사장은 한국말로 대꾸하는 대화가 잠시 이어졌다.

"이봐! 3,000달러가 비싸면 2,500달러만 내. 오케이?"

"아주 콩을 까라. 난 그럴 돈 없다."

"그럼 내가 아주 깔끔하게 해결해 주겠어, 알았지?"

"엿이나 처먹어라. 에이, 쓰벌~!"

보아하니 뇌물을 줄 때까지 건설사 등록이 되지 않을 것 같다. 그럴 돈이 없다.

본사에 연락을 해도 그만한 돈을 보내주지도 않을 것 같다. 하여 아예 신경을 꺼버렸다.

이후론 건설부를 찾은 일이 없었고, 적격심사 결과는 6개월이 훨씬 지난 오늘까지도 알려주지 않고 있다.

하여 한국에서 싸구려 원피스나 유행이 지난 가전제품 등을 수입하는 일에 열중했다.

그렇게 해서라도 용돈을 벌지 못하면 자식 학비를 대줄 수 없는 때문이다.

"곰베 지역에 적당한 장소를 물색해보세요. 사무실뿐만 아니라 지사장님 사택도 필요하니 아파트도 알아보시고요."

"……!"

"저는 여기 머무는 동안 풀먼 호텔에 머물 겁니다."

풀먼 킨샤사 그랜드 호텔은 곰베지역 호텔 중에서도 가장 괜찮다. 한국으로 치면 5성급이다.

실외 수영장과 피트니스 센터, 그리고 제대로 된 레스토랑을 갖추고 있으며, 콩고강이 한눈에 보이는 곳에 위치하여 전망도 아주 양호하다.

럭셔리하지만 한 가지 흠은 매우 비싸다는 것이다.

그런데 이 호텔은 얼마 전에 소유주가 바뀌었다. 한 달쯤 전의 일이다. 하여 누가 새 주인인가가 초미의 관심사였다.

주인이 바뀌면 종업원들이 대대적으로 물갈이되는 때문이다. 다행히도 지배인을 비롯한 모든 종업원이 그대로 유지되고 있다. 글자 그대로 주인만 바뀌었을 뿐이다.

한 가지 특이한 점은 새롭게 단장한 최고층 스위트룸이 늘 비워져 있다는 것이다.

주인이 언제 올지 몰라 비워놓고 있다고 하였다.

"여기 언제 와보셨습니까?"

"네! 제법 오래 머물렀었지요."

"아! 그렇군요."

그래서 곰베를 아는 것이라 생각하는지 고개를 끄덕인다.

"곰베에 직원용 아파트를 구하는 게 어려우면 호텔에 머무셔도 됩니다."

"네에? 제가 풀먼 그랜드 호텔에요?"

평범한 룸의 1일 숙박비가 390달러이다. 천지건설 본사에서 보내주는 지사유지비로는 하루도 머물 수 없다.

그렇기에 대경실색하는 표정이다.

"저랑 가까운 곳에 계셔야 일처리가 쉽지 않겠습니까? 참, 사무실이 구해지기 전까지는 호텔에서 업무를 볼 수 있도록 협조를 구할 생각입니다."

"……?"

"본사와는 어떻게 연락하고 계십니까?"

"일주일에 한 번씩 업무일지를 전송하고 있습니다."

"그래요? 보내신 원본을 한번 볼 수 있을까요?"

"… 잠시만요."

이 지사장은 귀퉁이에 놓인 책상에서 서류철을 꺼내왔다.

"이겁니다."

"네!"

받아서 펼쳐보니 일주일의 행적을 기록해 놓았는데 월요일부터 일요일까지 모두 '특이사항 없음'이다.

업무진행사항은 모두 공란이고, 일일활동 사항 역시 모두 비워져 있다. 맨 아래 특이사항에는 다음과 같은 내용이 기입되어 있다.

〈현지 관급공사 수행 적격심사 신청〉

→내무부 건설국 소관으로 현재까지 미결임.

뒷장을 넘겨보니 앞장과 날짜만 바뀌었을 뿐 다 똑같다.

처음 몇 장에만 사무실을 얻었고, 중고차량을 구매했다는 등의 내용이 있을 뿐 나머지 30장 모두가 이러하다.

＊　　　＊　　　＊

"진짜 일이 없군요."

"여긴 관공사 외에는 이렇다 할 일이 없죠. 너무 가난한 나라예요. 콩고민주공화국은!"

2012년에 조사된 자료에 의하면 콩고민주공화국의 국민소득은 186개국 중 186위였다.

그보다 한 해 빠른 2011년 통계자료를 보면 1인당 GNP가 211달러였다. 조사국 183개 국 중 182위였다.

세계적인 빈곤국가인 것이다.

따라서 한국과 같은 건설경기를 전혀 기대할 수 없다. 그럴 만한 규모를 갖춘 기업이 없는 때문이다.

도로시는 현수가 어느 나라를 방문하든 편안히 머물 수 있도록 풀먼 호텔 체인의 지분을 전량 매입했다.

명실상부한 주인이 된 것이다.

이곳뿐만 아니라 태국, 베트남, 지나, 말레이시아, 인도네시아, 프랑스, 독일, 한국, 호주, 미국, 캐나다 등지에도 있다.

어쨌거나 콩고민주공화국에는 풀먼 그룹에 버금갈 기업이 없다. 그렇기에 외국자본이 킨샤사에 호텔을 건립하는 걸 구경만 했던 것이다.

"그 관공사를 수주하면 되죠."

"네에? 여기 혹시 아는 분이 있으신지요? 아, 아니다."

전형적인 한국인인 현수가 콩고민주공화국 사람과 알고 지내면 얼마나 알고 지내겠는가!

반국과 치열한 교전이 벌어지곤 하지만 이 나라는 권력이 집중되어 있다.

그 권력자와 연이 닿지 않으면 관공사 수주는 거의 불가능하다. 그렇기에 자신의 물음이 헛되다 생각하여 얼른 부정한 것이다.

"아는 사람이야 곧 생기겠지요. 아무튼 당분간 관공사 수주를 위해 노력을 할 테니 지사장님은 저를 서포트할 수 있도록 사무실부터 알아봐 주세요."

"……?"

이춘만 지사장이 다소 멍한 표정을 지을 때였다.

쾅—쾅쾅! 쾅—쾅쾅!

"안에 사람 있어요?"

쾅—쾅쾅!

"경찰입니다. 안에 아무도 없어요?"

"경찰이요? 잠시만요! 나갑니다."

이 지사장은 얼른 문으로 다가가 눈높이에 맞춘 구멍으로 밖을 내다본다. 가끔 강도가 오기 때문이다.

방문객이 경찰 제복을 입고는 있지만 신분을 확인하기 전에 문을 열었다간 어떤 꼴을 당할지 알 수 없다.

하여 조심스레 신분증 요구를 하려고 했는데 상대가 먼저 배지(Badge)를 보여준다.

"여기 한국에서 온 천지건설 맞죠?"

"뭐라고요?"

"여기사 천지건설이냐고요."

경찰관은 불어로 이야기하고 이 지사장은 영어로 대꾸하고 있다. 아직은 불어가 익숙지 않은 모양이다.

다행히 둘 다 간단한 말은 알아듣는 모양이다.

"네, 그렇습니다만……."

"전할 말이 있으니 문 좀 여시죠."

이 지사장은 사내의 뒤편에 정차되어 있는 경찰차를 보곤 문을 열었다.

아무리 간 큰 강도라도 경찰차까지 동원하여 사칭하진 않는다. 그러다 걸리면 현장에서 사살 당할 수 있다.

한국에서도 부패한 경찰들이 유흥업소를 돌아다니며 돈을

뜯으러 다니던 시절이 있었다. 어쩌면 지금도 음성적으로 그럴지 모른다.

어쨌거나 이곳 경찰 또한 그러하다.

비리를 눈감아주거나 단속정보를 미리 제공하는 대가로 적지 않은 돈을 뜯어간다.

문제는 가짜 경찰이다. 제복만 입으면 돈 뜯어내기가 너무 쉽다는 걸 알아서 종종 등장한다.

업주 입장에선 돈 뜯으러 오는 경찰이 많으면 손해다. 하여 낯이 설거나 주변에 경찰차가 보이지 않으면 신고한다.

경찰복은 가짜를 입을 수 있지만 순찰차까지 가짜로 만들긴 힘든 때문이다. 아무튼 신고를 받고 출동한 경찰은 총부터 꺼내고, 여차하면 쏴버린다.

경찰이 부패한 조직이라는 걸 감추려는 것이다.

삐이걱―!

양철문이 열리자 경찰관이 입이 열린다.

"다시 확인하겠습니다. 이곳이 천지건설입니까?"

믿어지지 않는다는 표정이다. 외국의 기업이 이처럼 누추할 것이라곤 생각지 못했던 모양이다.

"맞습니다. 천지건설! 킨샤사 지사지요."

영어로 Branch는 프랑스어로 Branches이다.

"지사? 그럼, 여기 책임자에게 안내해 주십시오."

영어로 Director는 프랑스어로 Directeur라 그런지 대번에 알아들을 수 있었다.

"책임자요?"

"네! 여기 다른 직원은 없으신가요?"

이 지사장의 몰골이 너무 호졸근하니 책임자라고는 상상도 할 수 없었던 모양이다.

"제가 여기 지사장입니다만 무슨 일로……."

"그래요? 정말이죠?"

도저히 믿을 수 없다는 표정이다.

한국은 분명 선진국이다.

그런 나라의 큰 회사에서 지사를 설치했는데 무슨 이런 거지같은 곳에 위치해 있으며, 진짜 거지같은 몰골을 한 사내가 그 회사의 지사장이라니 당연한 반응이다.

"네, 내가 지사장 맞습니다. 잠시만요."

이춘만 지사장은 벗어놓은 외출복 주머니에서 명함을 꺼내와 건넸다.

영어로 쓰여 있는데 좌측에 이춘만 지사장의 얼굴이 있다. 말쑥한 양복 차림으로 찍은 사진이다.

사원증을 만들기 위해 제출했던 사진을 복사한 듯 20년은 젊은 듯한 모습이다.

영문으로 쓰여진 명함의 내용은 '천지건설 킨샤사 지사장 춘만—리', 그리고 연락처와 이곳 주소가 있었다.

하지만 경찰관은 영어를 읽을 줄 모르는 듯 사진과 지사장의 얼굴만 대조해 본다.

"진짜 지사장이 맞습니까?"

이 질문의 답은 현수가 했다.

"그분이 천지건설 킨샤사 지사장인 거 맞습니다."

아주 유창한 링갈라(Lingala)어이다.

니제르콩고어족(語族)에 속하는 언어로 콩고민주공화국의 수도 킨샤사를 비롯한 북서부 일대와 콩고 공화국의 대부분, 앙골라와 중앙아프리카 공화국 일부에서만 사용된다.

아프리카 토착민이 아니면 구사하기 어려운 언어지만 경관의 귀에는 고향 친구의 말처럼 느껴진 모양이다.

"아! 그렇습니까? 그럼 귀하는 누구신지요?"

"저도 천지건설의 직원입니다. 한데 무슨 일로 저희 지사장님을 찾으셨는지요?"

의사소통이 원활해지자 경찰관은 환히 웃으며 들고 있던 대봉투를 건넨다.

"우리 내무부에서 천지건설에 전하는 문건입니다. 확인해 보십시오."

"…잠시만요!"

방금 들은 내용을 이야기하자 이 지사장은 서랍 속에서 레터 나이프를 꺼내 조심스레 갈라냈다.

온통 프랑스어로 쓰인 공문서인 듯싶다.

아직 해독능력이 부족하기에 혹시나 하는 마음으로 서류를 현수에게 건넸다.

잉가댐 및 수력발전소 건설공사 견적 요청서

수신 : 천지건설 킨샤사 지사장

발신 : 내무부 건설국장 죠셉 투윙크

귀사의 일익번창을 기원합니다.

1. 귀사는 아국 관급공사 수행 적격심사 결과 적격기업으로 선정되어 있습니다.

2. 아국 정부는 중단되어 있는 잉가댐 및 수력발전소 건설공사를 재개하고자 합니다.

3. 이에 귀사에 견적서 제출을 요청합니다.

4. 시공도면은 내무부 건설국 제 1과에서 수령 가능하며, 수령인은 귀사의 전무이사인 '하인스 킴'으로 국한합니다.

2016년 9월

콩고민주공화국 내무부 건설국장 죠셉 투윙크

"무슨 뜻인지요?"

"잉가댐 건설공사를 재개하려고 견적을……."

현수의 설명을 들은 이춘만은 눈을 크게 뜬다.

"엥? 적격심사 결과를 통보받은 바 없는데요?"

이 지사장이 말이 끝나자 기다렸다는 듯 경찰관이 봉투 하나를 더 건넨다. 이번엔 봉인되지 않아 내용물을 바로 꺼낼 수 있었다. 또 프랑스어 문서이다.

"이번 건 뭐죠?"

자연스레 문서를 넘긴 이 지사장은 몹시 궁금한 표정이다.

"적격심사 결과 귀사는 아국 관공사를 수주하여 공사를 수행할 수 있음을 통보하는 바입니다. 내무부 건설국장 죠셉 투윙크라고 쓰여 있네요."

"아~! 그럼 통과된 건가요?"

이 지사장의 얼굴에 웃음이 어린다.

본사로부터 언제쯤 결과 통보가 되는지 보고하라는 팩스가 여러 번 왔었기 때문이다.

공사 수주를 전혀 기대하지 않으면서도 이 지사장이 아무 것도 안 하고 노는 꼴은 못 보기에 보낸 팩스이다.

이런 거 보면 본사의 누군가는 참으로 싸가지가 없다.

"아까 전무님더러 도면 받으러 오라고 한 거 맞죠? 근데 여기 내무부에서 전무님은 어떻게 알죠?"

이 지사장은 의아하다는 표정이다.

본사에서 전무가 온 날 심사 결과통보서가 왔고, 도면을 받

고 싶으면 반드시 전무가 와야 한다는 공문서가 온 게 이해되
지 않았기 때문이다.

그제 오후 늦은 시각, 콩고민주공화국 내무장관 가에탄 카
구지는 인터넷으로 뉴스 검색을 하고 있었다.

2002년 결성된 나이지리아의 이슬람 극단주의 테러조직
'보코하람'의 조직원들이 국경 근처에서 준동하고 있다는 첩
보를 보고받은 때문이다.

보코하람은 최근 수니파 무장조직 이슬람국가(IS)에 충성을
맹세하고 세력을 넓혀가는 중이다.

국내의 반군들만으로도 골치가 아픈데 대책 없이 나대는
보코하람까지 국내로 침투하고 있다면 그에 대한 대비책을 수
립해야 한다. 그러지 그러면 자국민들에게 큰 피해가 발생하
게 될 것이다.

이런저런 뉴스를 보다 검색어에 'IS'를 입력하니 프랑스 파
리에서 벌어진 러시아 여객기 격추사건과 대성당 및 지하철
환승역 폭발물 설치사건에 관한 기사를 볼 수 있었다.

누군가의 제보가 있은 덕에 무사히 테러범과 테러 미수범
들을 모든 체포하였다는 내용의 기사였다.

기사의 아래엔 아제르바이잔 발(發) 단신이 떠 있었다.

일함 알리예프 대통령이 뇌경색으로 쓰러져 긴급 후송되었
다. 마침 대한민국의 천지건설 일행이 신행정도시 개발공사

계약을 위해 입국한 상태였다.

고난도 술기가 필요한 수술을 집도해야 하는데 아제르바이잔의 의료수준으론 역부족이었다.

이때 천지건설 전무이사인 하인스 킴이 나섰다.

부언(附言) 설명에 따르면 하인스 킴은 남아프리카공화국 프리토리아 의과대학 출신의 의사이다. 아울러 그 어느 누구도 기록하지 못했던 수익을 올린 세계적인 투자자이다.

동시에 전세계 음악차트를 점령한 'To Jenny'와 'First Meeting'을 작사 작곡한 음악가이다.

기사의 말미엔 하인스 킴이 일함 알리예프 대통령뿐만 아니라 위기에 처한 여러 사람을 죽음의 구렁텅이에서 구출해 낸 천재적인 의사라고 쓰여 있었다.

한편 천지건설은 610억 달러 규모인 아제르바이잔 신행정도시 건설공사와 182억 달러짜리 유화단지 건설공사를 수주하였으며 곧 착공 예정이라는 내용이었다.

뉴스를 꼼꼼히 읽은 가에탄 카구지는 즉시 주아제르바이잔 영사관에 연락하여 최우선적으로 하인스 킴에 대한 상세보고를 하라는 지시를 내렸다. 아울러 주대한민국 대사관에 연락하여 같은 지시를 내린 바 있다.

전통 지시문을 보내고 2시간쯤 지난 시각에 두 곳 모두 보고서를 전송해 왔다.

물론 하인스 킴에 관한 내용이다.

한국에선 뉴욕 타임스 기사를 보내왔다.

하인스 킴은 아일랜드 제프 댐 레코딩스로부터 지급받은 저작권료 1,000만 달러를 투자하여 불과 몇 개월 만에 509억 달러 이상으로 불렸다.

이에 전 세계 모든 투자사들이 하인스 킴을 찾고 있다.

어떤 기법으로 그런 무지막지한 투자수익을 올렸는지 궁금하며, 자사의 투자고문으로 모시려는 이유이다.

아제르바이잔 영사관 보고서엔 현수가 대통령 등을 어떻게 치료해냈는지에 대한 상세한 내용이 담겨 있었다.

이 대목에서 눈빛을 빛낸 가에탄 카구지는 킨샤사 경찰청장이자 본인의 매제인 후조토 쿠아레와 통화했다.

조카인 폴 쿠아레의 상황을 물은 것이다.

Chapter 09
—
다시 만난 가에탄 카구지

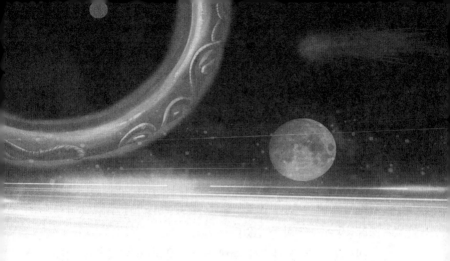

　다음은 내무부 건설국장에게 전화를 걸어 천지건설에 관한 보고를 하라는 지시를 내렸다.

　천지건설 킨샤사 지사에서 관급공사 수행 적격심사 요청서를 접수했다는 보고서를 본 기억이 있었기 때문이다.

　최근 10년간 어떤 외국 건설사도 심사요청을 하지 않았기에 인상적이라 기억에 남아 있는 것이다.

　그런데 금방 대답하지 않는다. 왜 그러는지 짐작이 갔다. 하여 비서실장을 건설국 적격심사 담당자에게 급파했다.

　얼마 후 비서실장으로부터 전화 보고가 있었다.

　천지건설 킨샤사 지사에선 약 6개월 전에 적격심사 신청을 했고, 모든 서류를 완벽하게 구비하여 제출한 상태이다.

그런데 담당자가 농간을 부려 심사를 시도조차 하지 않았다고 한다. 왜 그랬느냐고 추궁을 했더니 깜박 잊고 누락했다고 하였다.

가에탄 카구지의 불같은 성격을 아는 비서실장은 즉각 담당자의 상관을 불러 조인트를 깠다. 그러고는 후조토 쿠아레 경찰청장에게 전화를 걸었다.

내무부 건설국 관공사 수행 적격심사 신청 담당자가 뇌물을 목적으로 업무를 고의적으로 임무를 해태(懈怠)했으니 즉각 체포하고, 자택과 계좌를 수색하라는 내용이다.

체포대상자는 담당뿐 아니라 동료와 직속상관 포함이다.

전화를 받은 후조토 쿠아레는 즉각 경찰병력을 급파하여 담당 및 직속상관들을 굴비 엮듯 엮어갔다.

조만간 공무원들에 대한 대대적인 사정작업이 있을 것이라는 지시를 받아놓았기에 경찰의 움직임은 거침없었다.

공무원들의 자택을 급습한 경찰은 숨겨놓은 금품을 찾아냈고, 은행계좌는 모두 동결시켰다.

일련의 일이 진행되는 동안 적격심사 담당자는 호된 매질을 당하고 있었다.

어금니를 포함하여 8개의 이빨이 부러졌고, 갈비뼈 4대가 나갔다. 얼굴은 알아볼 수 없을 만큼 부풀어 올랐고, 코 밑으론 두 줄기 선혈이 흘러내렸다.

무자비한 군화 세례를 받은 결과이다.

담당자의 동료와 상관들도 매질을 피할 순 없었다.

그 결과 언제, 어디서, 누구와, 어떤 방법으로, 얼마의 금품을, 어떻게 수수했고, 어디에 은닉했는지 모두 털어놓았다.

현재는 이와 연루된 자들을 모조리 체포하는 중이다.

부하 직원들의 긴급체포를 보고받은 건설국장은 가에탄 카구지 내무장관의 자택을 찾아갔다.

부하들을 구원하기 위함이 아니었다.

건설국장 죠셉 투윙크는 성품이 대쪽 같다. 그렇기에 가에탄 카구지가 특별히 임명한 공무원이다. 건설은 특성상 부정부패가 만연할 수 있는 부문이기 때문이다.

죠셉 투윙크는 누구든 부정을 저질렀으면 처벌받아야 한다 생각하기에 대체 무엇 때문에 이런 난리가 벌어졌는지 파악하기 위해 내무장관 자택을 찾은 것이다.

다음 날 아침, 건설국장은 출근 즉시 담당업무를 직접 챙겼다. 실세 중의 실세이며 직속상관인 내무부 장관의 관심사항이니 당연한 일이다.

같은 시간에 킨샤사 경찰청장인 후조토 쿠아레는 건설국 공무원과 짜고 민원인들로부터 금품을 뜯어낸 일당들을 직접 취조하고 있었다. 부하들이 밤새 체포해 온 놈들이다.

몽둥이찜질이 가미된 취조라 선혈이 낭자했고, 비명 소리가 높았지만 어느 누구도 동정하지 않았다.

이때 이춘만 지사장이 제출한 서류가 검토되고 있었고, 그 자리에서 승인이 떨어졌다.

6개월을 기다렸는데 검토하는 데 걸린 시간은 불과 10분 정도였다. 어쨌거나 그 결과가 현재 이 지사장의 손에 들려 있는 적격심사 결과 통보서이다.

이에 앞서 작성된 문서가 바로 잉가댐 및 수력발전소 신축 공사 견적 제출 요청서이다.

건설국에선 천지건설 전무이사인 하인스 킴을 콕 집어서 도면 수령자로 지정해놓았다.

본사에 연락하여 하루라도 빨리 입국시키라는 의도이다.

필라델피아 어린이병원에서 연명 치료 중인 제프 카구지 때문이다. 물론 검증은 해야 한다. 하여 식물인간 상태인 폴 쿠아레의 상태를 알아본 것이다.

아무튼 두 개의 서류봉투를 모두 건넨 경찰관은 멀뚱멀뚱한 표정으로 현수와 이춘만 지사장을 바라본다.

둘의 반응을 기다리는 것이다. 이곳으로 오기 전 경찰청장은 이렇게 말하였다.

"귀관이 직접 가서 이 서류들을 전하되 절대 무례히 굴면 안 된다. 알겠나?"

"네!"

"내무장관님께서 직접 컨트롤하시려는 일과 관련된 국가적 귀빈이니 각별한 주의를 기울이도록!"

이런 말을 듣고 와서 그런지 경찰관은 전혀 재촉하지 않고 처분만 기다리고 서 있다.

"전무님! 어떻게 하시겠습니까?"

"뭐, 저만 된다니 일단은 가야지요. 같이 가실래요?"

울고 싶은데 뺨을 때린다는 말이 있다.

어떻게든 가에탄 카구지와의 연결 고리를 만들어야 할 상황이었는데 먼저 손을 내밀었다. 당연히 덥석 쥐어야 한다.

현수는 받았던 서류를 경찰관에게 보이며 물었다.

"도면을 받으려면 어디로, 몇 시까지 가야 하나요?"

"… 제가 모시겠습니다. 저희 차로 가시지요."

"네?"

"돌아올 때도 이곳까지 모셔다 드리겠습니다. 언제 가실지 몰라서 담당자가 대기하고 있을지도 모릅니다."

누군가 퇴근도 안 하고 있다는 뜻이다.

"알겠습니다. 그럼 같이 가시지요."

잠시 후, 현수와 이춘만은 경찰차 뒷좌석에 앉게 되었다.

혼자 온 줄 알았는데 다른 경찰차가 두 대나 더 있었다. 혹시라도 무슨 문제가 있으면 즉각 개입하려던 모양이다.

건설국으로 가는 동안 어찌된 영문인지 알아보았으나 더 이상의 정보는 얻을 수 없었다.

다만, 현재 지사가 위치한 곳에 대한 순찰이 대폭 강화되었다는 것을 알게 되었다. 킨샤사 경찰청에서 천지건설 지사를 직접 보호하기 시작한 것이다.

"그나저나 이곳의 의약품 사정은 어떻습니까?"

현수의 물음에 이 지사장은 잠시 고개를 갸웃거렸다.

이 지사장은 비교적 건강한 편이라 관심사항이 아니다. 하여 기억을 더듬어봤다.

"킨샤사엔 두 개의 큰 병원이 있지만 의료 수준은 매우 낮은 걸로 알고 있습니다."

"병원 말고 약국을 말씀드리는 겁니다."

"아! 약국이요. 그건……."

이 지사장은 한국에서 이곳으로 올 때 기본적인 의약품들을 챙겨온 바 있다.

해열제, 지혈제, 진통제, 지사제, 소독제, 소화제, 소염제, 정수제, 화상연고, 붕대, 밴드, 핀셋, 가위, 반창고 등이다.

가정상비약 수준이긴 하지만 제법 양이 많았다. 그렇기에 이곳에 와서 의약품을 구입한 적이 없다.

"그러고 보니 약국을 보지 못한 것 같습니다."

이 지사장은 새삼스러운 시선으로 차창 밖을 살펴보았다. 약국이 어디에 있는지 확인해 보려는 것이다.

"약국이 거의 없나 보군요."

"네. 제가 오가던 길에는 없는 것 같습니다."

현수는 조수석의 경찰관에게 시선을 던졌다.

"경찰관님! 이곳엔 의약품을 파는 곳이 없습니까?"

현수의 물음에 조수석에 탑승했던 경관이 대답한다.

"어디 편찮으십니까? 가는 길에 지나인이 운영하는 약국이 하나 있습니다. 거기 들릴까요?"

"아뇨! 따로 약이 필요한 건 아니고 그냥 약국이 없는 거 같아서 물어본 겁니다. 괜찮습니다. 그냥 가십시다."

"말씀하신 대로 여긴 약국이란 게 거의 없습니다. 우린……"

잠시 경찰관의 말이 이어졌다.

몇 마디 더 물어보니 약사라는 직업 자체가 없으며, 몸이 아프면 주술사를 먼저 찾는다고 한다.

한마디로 의료시스템이 없다는 뜻이다.

"흐음! 천지약품과 이실리프 무역도 만들어야 하네."

"네?"

현수의 중얼거림이 들린 모양이다.

"아뇨! 혼잣말이었습니다."

"아! 네에."

잠시 후 현수는 내무부 건설국에 당도했다. 늦은 시각이었지만 많은 인원이 업무에 열중하고 있었다.

"건설국장님을 찾으셨다고요?"

"네! 천지건설에서 잉가댐 건설공사 도면수령 때문에 왔다고 하시면 아실 겁니다."

"그럼 혹시 천지건설의……?"

사내는 미심쩍은 표정으로 바라본다.

언제든 하인스 킴이라는 인물이 찾아오면 무조건 친절히 대하고, 절대 무례히 굴지 말라는 지시가 있었다.

건설회사 고위 임원이지만 남아공 출신 의사라는 부언설명도 있었다.

그런데 눈앞의 사내는 전형적인 동양인의 모습이다. 그렇기에 혹시 사칭하는 것은 아닌가 하는 표정인 것이다.

"네! 천지건설 전무이사 하인스 킴입니다."

"아…! 네에, 국장님께는 제가 안내해 드리지요."

"감사합니다."

현수가 직원의 뒤를 따르려 할 때 동행했던 경찰관 일행 중하나가 입을 연다.

"저희는 밖에서 대기하고 있겠습니다. 천천히 일 보시고 내려오십시오. 충성!"

경찰관들은 일제히 경례를 붙이고는 밖으로 나갔다. 왜 이러는지 모르겠지만 적어도 악의가 없다는 건 분명하다.

"여기 경찰관들은 참 친절하네요."

"네? 경찰이 친절해요? 아, 네에. 오늘은 그렇네요."

킨샤사의 경찰도 가끔은 반군과 교전한다. 그렇기에 경찰이라고 하기엔 조금 과격한 면이 있다.

한국으로 치면 독재자가 통치할 때의 사복경찰 수준이다.

그런데 몹시 나근나근하다는 느낌이었다.

"아이고, 어서 오십시오. 내무부 건설국장 죠셉 투윙트라 합니다. 천지건설의 하인스 킴 전무님이시죠?"

직원의 안내를 받아 국장실에 발을 들여놓으니 익숙한 얼굴이 대놓고 반색하며 다가선다.

"아! 네에, 천지건설의 하인스 킴이라 합니다."

"네, 반갑습니다. 일단 여기에 앉으시지요."

"네. 그러죠"

현수와 이 지사장이 자리에 앉자 지극히 친절한 얼굴로 입을 연다.

"전무님! 음료는 뭐로 준비시킬까요? 말씀만 하십시오."

"으음, 저는 그냥 커피나 한 잔 주시면 됩니다."

현수가 대답하자 이춘만 지사장은 약간은 상기된 표정으로 고개를 끄덕인다.

"저도 같은 걸로 주십시오."

콩고민주공화국의 내무부 건설국장은 한국으로 치면 국토교통부 장관과 같은 업무를 수행한다.

건설부가 따로 없는 때문이다.

그런 사람이 지금 지극히 저자세를 취하고 있다.

지금껏 건설국장보다 훨씬 아래인 적격심사 담당자 때문에 속을 끓였다. 그런데 그의 직속상관의 상관의 상관의 상관인 사람이 아주 깍듯하다 하여 울컥한 모양이다.

"남아공분이라 해서 우리 같은 줄 알았는데 동양계인 모양입니다."

아까부터 궁금했었다는 표정이다.

"네! 남아공 국민 맞습니다."

"아! 그렇군요."

죠셉 투윙크는 고개를 끄덕였다. 남아공에도 동양계가 제법 있다는 걸 아는 모양이다.

"그나저나 도면 수령 때문에 오신 거죠?"

"네! 저더러 수령하라고 하셔서 직접 왔습니다."

"근데 이렇게 일찍 오실 줄 몰라 아직 도면 준비가 덜 되어 있습니다. 혹시 기다려 주실 수 있는지요?"

"그럼요!"

현수가 흔쾌히 고개를 끄덕이자 적이 안심이 된다는 듯 고개를 끄덕인다. 그러곤 곁의 전화기를 당겨 누군가의 번호를 누른다. 도면을 준비시키려는 모양이다.

현수가 알아듣는 걸 원하지 않는 듯 아주 빠른 콩고어로 대화를 나누었지만 어찌 모르겠는가!

현수는 세상 모든 언어의 마스터이다.

2016년 현재 인류가 해독하지 못한 6개의 문서가 있다.

첫째는 '라이버 린테우스(Liber Linteus)'이다.

에트루리아어[24] 로 쓰인 가장 오래된 문서이다. 이집트에서 미라와 함께 발견된 것이다.

둘째는 '로혼치 사본(Rohonczi Codex)' 이다.

헝가리에서 발견된 448페이지짜리 장서로 어떤 문자로 쓰인 것인지조차 밝혀지지 않았다.

셋째는 '롱고롱고(Rongorong) 문자' 이다.

한때 칠레의 이스터섬[25] 의 원주민들이 썼던 것으로 추정되는데 더 이상의 정보가 없어 아직까지 해독 불가이다.

넷째는 '보이니치 필사본(Voynich manuscript)' 이다.

15세기쯤에 만들어진 것으로 추정되는데 전혀 알려지지 않은 문자와 언어로 쓰였다는 것 이외엔 아는 것이 없다.

다섯째는 '하라파(Harappa) 문자' 이다.

인더스 문명 시절에 사용된 것으로 추정되는 문자이다. 이스터섬의 롱고롱고 문자와 매우 유사하다.

두 문자는 시간상으로는 무려 3,500년이나 차이 나고, 거리상으로는 지구 반대편이다. 참으로 묘한 일이다.

마지막 여섯 번째는 '거란(契丹) 문자' 이다.

형태로 보아 한자를 바탕으로 만들어진 것만은 분명하다.

크게 소자와 대자로 분류할 수 있다. 소자는 절반 이상 읽는 법이 확인되었지만 대자는 관련 자료가 거의 없어 1,600자

24) 에트루리아(Etruria): 이탈리아 중부에 있던 옛 나라. 로마 공화정 이전에 이탈리아에 존재했던 주요 문명.
25) 이스터섬(Easter Island): 태평양에 위치해 있는 칠레령의 섬이다.

중 불과 188자만 해독되었을 뿐이다.

그런데 현수는 지구에서 사용되는 모든 언어를 원어민 수준으로 구사 가능할 뿐만 아니라 앞에 언급된 여섯 가지 역시 모두 해독 및 사용 가능하다.

*   *   *

따라서 죠셉 투윙크가 가에탄 카구지와 콩고어로 나눈 대화의 내용은 모두 알아들었다. 하지만 아는 척은 안 했다.

"장관님! 말씀하셨던 하인스 킴이란 분이 와 계십니다."

"아! 그래……? 지금 어디에 있지?"

"지금 제 사무실에 와 계십니다. 천지건설 지사장이라는 사람과 함께요."

"그, 그런가? 그럼 잠시만 기다리도록 하게. 내가 금방 내려가겠네."

가에탄 카구지는 서둘러 전화기를 내려놓고는 얼른 양복 상의를 챙겨 입었다. 그런데 팔이 제대로 끼워지지 않아 두 번이나 버둥거려야 했다. 마음이 급해서이다.

금지옥엽(金枝玉葉)이라는 말이 있다.

'금(金)으로 만든 가지와 옥(玉)으로 만든 잎사귀'라는 뜻으로 아주 귀한 자손을 이르는 말이다.

불면 날세라, 쥐면 꺼질세라 애지중지하게 마련이다.

가에탄 카구지에게 제프 카구지가 그러하다. 늦게 얻은 아들이라 정말 귀하게 키웠다.

맛있는 것, 몸에 좋은 것만 골라서 먹였고, 좋은 옷만 골라서 입혔으며, 정갈한 잠자리에만 재웠는데 그만 불치병에 걸려 죽음을 목전에 두고 있다.

다행이 돈이 있어서 가장 발달된 의료기기와 기술을 갖추고 있는 미국으로 보냈지만 현재는 절망적이다.

여러 신약을 썼지만 그야말로 백약이 무효했다. 이에 필라델피아 어린이병원에선 손을 놓아버렸다.

주치의가 더 이상 해줄 것이 없다는 말을 하며 고개를 좌우로 저을 땐 눈물이 앞을 가릴 정도로 울었다.

현재는 연명치료로 간신히 목숨 줄을 잡고 있다. 호흡기를 떼면 곧바로 죽음에 이를 상황인 것이다.

의료보험 혜택을 받을 수 없어서 들어가는 비용이 만만치 않지만 한 줄기 희망을 기다리느라 밑 빠진 독에 물 붓기를 지속하고 있다.

그러다 하인스 킴이라는 남아공 출신 의사가 아제르바이잔의 대통령과 몇몇 환자들을 죽음의 위기로부터 구원했다는 뉴스를 접하게 되었다.

아제르바이잔 영사관에서 보내온 보고서엔 현수가 뇌동맥과 뇌경색, 그리고 간암 환자를 어떻게 치료했는지에 대한 상세한 의사소견이 첨부되어 있었다.

이걸 본 가에탄 카구지는 등줄기를 타고 오르는 소름을 느끼며 전율했다. 그토록 애타게 찾던 한 줄기 희망이 바로 이것이라는 느낌을 받았던 것이다.

벌컥―!

노크도 없이 출입문이 활짝 열리는가 싶더니 가에탄 카구지가 들어선다.

"아! 장관님."

자리에 앉아 있던 죠셉 투윙크가 벌떡 일어선다. 가에탄 카구지는 현수와 이춘만을 보고는 이내 시선을 돌린다.

"하, 하인스 킴 전무는 어디에……?"

"아! 이분이 하인스 킴 전무님이시랍니다."

이에 가에탄 카구지는 화들짝 놀라는 표정을 짓는다. 아프리카 흑인이 아니고 동양인이라 그러할 것이다.

"반갑습니다. 천지건설의 전무이사 하인스 킴입니다."

현수가 정중히 고개를 숙여주었다. 본인은 아니지만 가에탄 카구지에겐 이것이 첫 만남인 때문이다.

"헐……?"

유창한 링갈라어에 또 한 번 놀란 표정을 짓는다.

남아공 공용어는 영어, 아프리칸스어, 그리고 줄루어이다.

아프리칸스어(Afrikaans)는 명칭과 달리 아프리카 국가 모두

에서 쓰이는 언어가 아니라 남아공과 나미비아 공화국[26] 에서
만 주로 쓰이는 변형 네덜란드어이다.

식민지 시절의 잔재라 할 수 있다.

한편, 콩고민주공화국의 공용어는 프랑스어, 링갈라어, 그리
고 콩고어라 할 수 있다.

두 나라는 공통된 언어가 없으므로 같은 아프리카 대륙에
있기는 하지만 의사소통이 어렵다.

그런데 방금 들은 링갈라어는 완전한 원주민 발음이었다.
남아공에서는 배울 수 없을 텐데 어찌 이리 유창한가 싶다.

"아! 나는 가에탄 카구지라 합니다."

도움이 필요한 상황이라 그런지 아주 정중하다. 이때 곁에
있던 죠셉 투윙크가 얼른 끼어든다.

"이분은 우리나라 내무부 장관님이십니다. 저희 건설국을
총괄하시는 분이시죠."

괜히 이 자리에 온 게 아니라 올 만해서 왔다는 뉘앙스이
다. 다시 말해 국외자가 아니라는 뜻이다.

"아! 그러십니까? 반갑습니다."

현수는 흠칫 놀라는 표정을 짓고는 다시 한번 예를 갖췄
다. 그러고는 이춘만에게 누군지 설명해 줬다.

현수는 알면서도 부러 놀라는 표정이었지만 이 지사장은

---

26) 나미비아 공화국(Republic of Namibia): 아프리카 남서부, 남아공
북서쪽에 면한 대서양 연안 국가, 수도 빈트후크.

진실로 놀란 표정을 짓고는 얼른 허리를 꺾는다.

"아, 안녕하십니까? 천지건설 킨샤사 지사의 지사장을 맡고 있는 이춘만이라고 합니다."

"아! 네에. 적격심사 기간이 오래 걸려서 애를 태우셨을 장본인이시군요. 당연히 통과되어야 하는데 우리 직원이 몽니를 부려 몹시 늦어진 점에 대해 깊이 사과드립니다."

유창한 프랑스어이고 정중하다.

"아……?"

그런데 가에탄 카구지의 프랑스가 너무 빨라서 못 알아들은 표정이라 얼른 통역해 주었다.

"아! 아니고 아닙니다. 괜찮습니다. 그리고 고맙습니다."

이춘만은 얼른 고개 숙이며 절절매는 표정을 짓는다.

내무장관 가에탄 카구지의 현 위상은 일인지하 만인지상이다. 하늘을 나는 새도 떨어뜨린다는 말이 있을 정도로 막강한 권력을 가졌다.

그럼에도 한국의 여느 정치인이니 고위 공무원과는 사뭇 다른 행보를 보인다.

아들의 병원비를 대야 하기에 적지 않은 뇌물을 받아 챙기기는 하지만 노골적이지는 않다.

다시 말해 비양심적으로 착취하지 않는다. 관행에 따른 상납 정도만 묵시적으로 받아들인다.

권력을 휘둘러 억울한 사람들을 양산하지도 않는다.

하나뿐인 아들이 병석에 눕게 되자 가급적이면 사람들의 원망을 듣지 않아야 한다는 주술사의 말이 있었기 때문이다.

이춘만 지사장은 처음 킨샤사에 당도한 이후 내무장관에 관한 이야기를 많이 들었다.

이곳엔 162명의 교민이 살고 있다. 이 지사장을 포함하면 163명이다. 이들은 통신업, 광산업, 가발제조업, 사진관, 가방제조업, 냉동식품 수입업 등에 종사하고 있다.

이들 중 원로라 할 수 있는 70대 노인으로부터 들은 이야기가 있다.

2001년 1월 18일. 쿠데타가 일어나 대통령이자 부친인 로랑 데지레 카빌라(Laurent—Desire Kabila)가 목숨을 잃었을 때 조제프 카빌라는 합창의장이었다.

당시의 가에탄 카구지는 조제프의 최측근이었다.

대통령 유고로 장례를 치르고 있던 중 가에탄 카구지는 쿠데타를 일으킨 놈들이 심어놓은 세작을 잡았다.

이런 상황을 염두에 둔 역세작을 파견해 둔 덕분이다.

쿠데타 세력의 세작은 고문을 가해도 좀처럼 입을 열지 않았다. 이에 분노한 가에탄 카구지는 속이 빈 굵은 구리 기둥에 놈을 묶어놓고 안에 불을 지폈다.

구리 기둥이 점점 뜨거워지자 세작은 누가 쿠데타에 연루되었는지를 불기 시작했다.

매 앞에 장사가 없었던 것이다.

가에탄 카구지는 즉각 병력을 급파하여 쿠데타 세력들을 잡아들이기 시작했다. 처음엔 117명이 잡혀왔는데 고문을 가한 결과 1,241명의 명단을 확보할 수 있었다.

이들은 즉각 체포되었고, 모두 사형에 처해졌다.

쿠데타 수뇌부 거의 전부를 제거한 덕에 조제프 카빌라는 무사히 대통령의 자리를 이어받을 수 있었다.

혼란했던 정국이 안정된 후에도 가에탄 카구지는 쿠데타 잔당들을 계속 색출하였다.

놈들이 인신매매, 마약밀매, 강도, 강간, 약탈, 살인 등의 범죄행위를 통해 조달한 자금으로 제2의 쿠데타를 모의하고 있었기 때문이다.

추가로 잡혀온 인원은 3,677명이다. 이들도 모두 형장의 이슬로 사라졌다. 이때 남긴 어록이 있다.

Les mechants sont envoyes en enfer. Soyez sur!
나쁜 놈들은 지옥으로 보낸다. 반드시!

맨 마지막 놈의 목을 베어낸 직후에 한 말이다.

이때 가에탄 카구지는 시퍼렇게 벼려진 정글도를 들고 있었다. 칼끝에서는 반군의 목에서 뿜어진 선혈이 방울져 떨어지고 있었다.

이를 본 기자는 다음과 같은 기사를 썼다.

〈이제 인신매매와 마약밀매는 이제 끝났다!〉

강도, 강간, 살인, 약탈도 없을 것이다.

악인은 모두 가에탄 카구지 장군의 손에 목이 베어졌다.

어쨌거나 그때 가에탄 카구지가 정글도를 들고 찍은 사진에
선 서슬 시퍼런 카리스마가 뿜어진다고 한다.

그리하여 이 사진은 귀신의 접근을 막는 데 사용된다. 관
우(關羽)나 달마(達磨) 그림 같은 역할을 기대하는 것이다.

어쨌거나 잠시 국방부 장관의 자리에 있던 가에탄 카구지
는 이내 그보다 요직인 내무부 장관에 임명되었다.

쌓인 경력을 바탕으로 국가발전을 위한 첨병으로서 각종
사업을 추진하며, 시행하는 중이다.

이런 사람이 정중히 인사를 했으니 이춘만 지사장으로서는
저절로 허리가 굽혀진 것이다.

"우리말이 참 유창하시네요."

"칭찬 감사합니다."

"자자, 일단 자리에 앉으시지요."

자신도 모르게 상석으로 향하려던 가에탄 카구지는 현수
맞은편에 자리를 잡았다. 나름의 예우이다.

"어떻게 여길 오셨는지요?"

불러놓고도 최소 일주일 이상은 경과되어야 하인스 킴을

만날 수 있을 것이라 생각했다. 그런데 이런 요청이 있을 걸 미리 안 것처럼 나타났기에 물은 말이다.

"저는 천지건설의 전무이면서 Y—인베스트먼트를 이끌고 있습니다."

가에탄 카구지는 잘 알고 있다는 듯 고개를 끄덕인다.

"많은 돈을 벌었다는 걸 압니다. 그리고 세계적인 뮤지션이기도 하시죠? 'To Jenny'인가요? 그 곡 참 좋더군요."

"아! 제 노래를 아십니까?"

"그럼요! 여기서도 'To Jenny'와 'First Meeting'은 선풍적인 인기를 끌고 있습니다."

"아! 그런가요?"

현수는 진짜 몰랐다.

교통과 통신이 발달하면서 지구촌이라는 말이 만들어지기는 했지만 후진국 중 하나인 여기까지, 이토록 빨리 전파될 것이라고는 생각지 못한 때문이다.

"농담이 아니고 진짜로 많이 연주되고, 불리는 중입니다. 한국의 다이안과도 잘 아시죠?"

"네! 제가 설립한 Y—Entertainment 소속 뮤지션들이죠."

"그렇습니까? 언제 기회가 되면 우리나라도 한번 방문해서 공연해 주도록 힘써주시길 부탁드립니다."

"네에, 기회가 되면 꼭 한 번 데려오도록 하겠습니다."

"미리 감사드리지요. 참! 예상보다 너무 빨리 오셔서 도면 준비가 덜 된 걸로 아는데 기다려 주실 수 있지요?"

"공사를 수주하려면 그만한 노력을 해야 하지 않을까요?"

"하하! 아주 너그러우시군요. 다시 감사드립니다. 그나저나 조금 전에 여기 오신 목적을 물었을 때 Y—인베스트먼트를 언급하셨습니다."

"아! 그거요? 이곳까지 오는 동안 여기서 할 수 있는 사업이 뭐 있을까 생각을 해봤습니다."

"사업을 하신다고요? 여기서요?"

"네! 규모가 있는 농장을 꾸려보는 것과 전자제품 조립 같은 것도 할 수 있지 않을까 생각해 보았습니다."

"아! 그렇습니까?"

콩고민주공화국은 가난한 나라이다.

그런데 현수는 국가 예산의 몇 배가 되는 현금 재산을 가진 것으로 알려져 있다.

이런 사람의 입에서 두 가지 사업에 관한 이야기가 나왔다. 당연히 바싹 당겨 앉고, 귓구멍을 활짝 열어야 한다.

가에탄 카구지는 군침이 돈다는 표정을 지으며 허리를 곧추세운다. 현수가 투자해 준다면 실업률은 줄고, 국가 재정엔 큰 보탬이 될 것이기 때문이다.

Chapter 10

—

파동치료기를 만들다

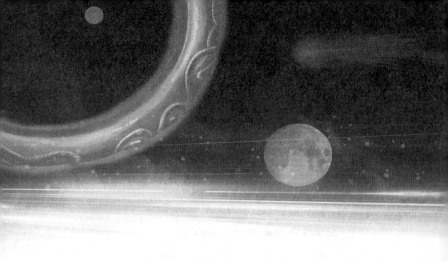

　"그래서 며칠 둘러봤으면 하는데 초행인 데다가 우리 지사장님은 따로 할 일이 있어서 동행하기 어려울 듯합니다."
　"지리에 밝은 믿을 만한 사람이 필요한 거군요."
　"네! 그런 분이 있으면 추천 부탁드립니다."
　"아! 그런 일이라면 걱정 마십시오. 제까닥 대령해 드리지요. 건설국장! 나 잠깐……!"
　가에탄 카구지가 죠셉 투윙크에게 귓속말을 속삭이자 건설국장은 바로 자리에서 일어나 밖으로 나간다.
　"다니시는데 불편함이 없도록 해드리겠습니다."
　"감사합니다."

현수가 환히 웃으며 한시름 놓았다는 표정을 짓자 가에탄 카구지가 잠시 머뭇거린다.

눈치 빠른 현수가 어찌 모르겠는가!

"혹시 제게 하실 말씀이 있으신지요?"

"지금 제 조카 녀석이 병원에 있습니다. 식물인간인 상태인데 혹시 봐주실 수 있으신지요?"

"오! 어쩌다 그렇게 되었답니까?"

"집 앞에서 놀다가 트럭에 치여서 그만……."

"에고, 심려가 크셨겠습니다. 그나저나 현재 식물인간이라 하셨습니까?"

"네! 숨도 쉬고, 심장도 박동하는데 의식이 깨어나질 않고 있습니다."

"흐으음!"

현수는 부러 뭔가를 생각하는 척했다. 하지만 시간은 그리 길지 않았다.

"일단 환자를 한번 보죠. 그간의 의무기록도 같이 볼 수 있었으면 좋겠습니다."

"즉시 준비하도록 하겠습니다. 잠시만요!"

가에탄 카구지는 현수의 반응도 기다리지 않고 바로 후조토 쿠아레에게 전화를 걸었다. 그러고는 아주 빠른 말로 준비를 갖추라는 이야기를 했다.

가에탄 카구지를 따라 비암바 마리 무톰보 종합병원에 들어선 현수는 이맛살을 찌푸렸다.

이곳 기준으론 최상위 병원이겠지만 너무 허름한 듯싶어서이다. 2007년에 세워진 이 병원은 300병상 규모이다.

아프리카 대륙 전체에서도 큰 병원이다. 그럼에도 현수의 눈높이가 너무 높았기에 부족해 보인 것이다.

"여깁니다."

어느새 병원에 당도해 있던 후조토 쿠아레와 그의 아내의 안내를 받아 병실로 들어선 현수는 또 한 번 이맛살을 찌푸렸다. 주술사들의 행적이 보인 때문이다.

아프리카는 아직은 미개함이 남아 있기에 별다른 말이나 행동 없이 폴 쿠아레에게 다가갔다.

아직 어린아이인데 놀지도 못하고 병석에만 누워 있는 것이 애처롭게 보였다.

"이 아이의 의무기록부터 보겠습니다."

"네! 그러시죠."

무톰보 병원 의사의 안내를 받아 차트 등을 살필 수 있었다. 수술 기록을 모두 살피곤 영국에서 찍은 CT와 MRI 결과도 보았다.

CT는 X—ray를 짧은 간격으로 여러 번 찍은 것이다. 그러면 뼈가 하얗게 나타난다.

한편, MRI는 체내 수분에 자기장을 걸어 얻어낸 에너지 값을 이미지화한 것이다.

이런 차이로 인해서 CT는 뼈가 변형된 것을 찾는데 편하고, MRI는 연부조직을 구분해서 보는 데 유용하다.

두 가지 모두 촬영한 이유는 폴이 다발절 골절을 당했고, 장기 손상도 입었던 때문이다.

'흐음! 별로 안 좋네. 대뇌피질 손상이 분명하지?'

도로시가 즉각 응답한다.

'네! 제가 판단해도 그래요.'

'수술로 상황을 호전시킬 수 있을까?'

'손상 부위가 너무 예민하네요.'

'그렇지? 흐으음!'

현수는 잠시 상념에 잠겼다. 머릿속에 든 온갖 의학지식들을 총동원하여 어찌 호전시킬 것인가를 구상한 것이다.

'이거 파동치료기로 괜찮아지지 않을까?'

'잠시만요! 신이호, 아이의 머리에 손을 대고 있어봐.'

신일호와 신이호는 현재 보디가드 임무를 수행 중이다. 광학스텔스 상태라 사람들의 눈에 보이지 않을 뿐이다.

아무튼 도로시는 신일호는 경호 5단계를, 신이호는 3단계를 유지하도록 명령하였다.

하여 신일호는 5보 이내, 신이호는 30보 이내의 거리에서 현수를 보호하는 중이다.

현재 현수가 있는 의국(醫局)은 그리 큰 방이 아니고, 여러 사람들이 함께 있기에 신일호는 문 바로 밖에, 신이호는 복도 한 편에서 주위를 살피고 있다.

신이호가 있는 곳은 폴의 병실 인근이다. 그곳에는 간호사가 있지만 폴 가까이에 있는 것은 아니다.

도로시의 명령을 받은 신이호는 즉각 폴의 머리 좌우에 손을 얹었다. 불과 2~3초쯤 지났을 때 폴의 뇌파와 혈류, 신경 등을 모두 체크한 도로시가 보고한다.

'432Hz는 안 되고요. 528Hz가 적합해요.'

432Hz는 인간의 몸에 유익한 치유효과를 가지지만 528Hz는 DNA의 복구와 관련이 있기 때문에 한 말일 것이다.

'528Hz?'

'정확히는 528.37Hz가 맞아요.'

'그건 또 뭔 소리야?'

'주파수 발생기를 만들어낸 로얄 레이몬드 라이프 박사는 암 세포를 파괴하는 전자기적 주파수를 찾아낸 거예요.'

'그래! 그건 나도 알아.'

'폴의 경우는 암이 아니잖아요. 그리고 훗날의 연구 결과를 보면 사람마다 조금씩 전기적 상황이 달라요.'

'그러니까 개인적 특성에 맞춘 주파수 발생기를 사용해야 한다는 뜻인 거지?'

'네! 역시 폐하세요.'

'요 대목에서 하나 궁금한 게 있어.'

'뭐죠?'

'훗날엔 왜 이런 연구가 완성되지 않았지? 내가 파동치료기 또는 주파수 발생기라는 말을 들어본 적이 없거든.'

도로시는 즉답을 내놓았다.

'그야! 폐하가 계셨기 때문이죠. 이곳으로 오기 전 세상엔 혈관관련 질환이나 암으로 인한 사망이 없었잖아요. 장애를 가지고 태어나는 아이도 없었고요.'

임신이 확인되면 문제를 발생시킬 유전자 보정을 하였고, 태어난 직후엔 클린봇과 캔서봇이 투여되었다.

불의의 사고로 부득이 팔이나, 다리, 혹은 눈을 잃어도 발달된 기술로 만들어진 의족이나 의수, 또는 의안이 있기에 전혀 불편함을 느끼지 않았다.

어떤 면에서 보면 본래의 팔다리나 눈보다도 의수, 의족, 의안이 훨씬 더 뛰어난 기능 또는 성능을 가졌다.

뼈나 신체의 장기가 파손된 경우엔 의료용 만능제작기로 만들어서 이식하면 되었다.

예를 들어, 간(肝)이 심하게 망가졌거나 심각한 손상이 있을 경우 공여해줄 사람을 찾을 필요가 없었다는 뜻이다.

사고를 당해 신장이 파열되고, 갈비뼈 혹은 척추가 심각하게 손상된 경우엔 인공 신장을 만들어서 이식하고, 더 강한 뼈를 만들어서 대신 심으면 끝이었다.

수술 중에 잘못되는 경우엔 미라힐을 사용하거나 엘릭서로 대처하면 뒤탈이 없었다.

그렇기에 제국의 국민들은 거의 모두 천수(天壽)를 누렸다. 이러니 의학이 발달될 필요가 없었던 것이다.

반면, 이실리프 제국에 편입되지 못한 국가에선 따로 의학 발전을 위한 노력을 했을지도 모른다.

하지만 제국이 형성된 이후의 나머지 국가들은 대부분 미개한 국가 수준으로 전락해 버렸다.

현재 천조국이라 칭해지는 초강대국 미국도 내전으로 갈가리 찢긴 후엔 그저 그런 나라가 되어버렸다.

의술이 발달되려면 그만한 사회적, 경제적 밑받침이 있어야 하는데 그럴 형편이 아니게 된 것이다.

하여 의술이 오히려 퇴보해 버린 측면도 있다.

어쨌거나 이실리프 제국엔 의료용 파동치료기 또는 주파수 발생기가 없다. 그럼에도 특이한 주파수를 언급한 것은 도로시 특유의 딥 러닝 결과이다.

이전의 기록들을 모두 찾아내어 데이터화하였고, 이미 가진 인체에 대한 이해에 추론을 거듭하는 딥 러닝을 통해 새로운 의료기술을 개발해 낸 것이다.

'현재의 기술이나 부품으로 정밀하게 제어되는 주파수 발생기 또는 의료용 파동치료기를 만들 수 있을까?'

'부품의 99%는 현재 사용되는 반도체 등으로 가능해요.'

'나머지 1%는?'

'그게 핵심인데 그건 만능 제작기로 만들어야죠.'

'알았어. 설계도 띄워봐.'

'넵!'

현수의 눈앞에 의료용 주파수 발생기의 세부 도면이 나타났다. 도로시는 어떤 원리로 어떻게 주파수를 발생시키는지를 빠르게 설명하였다.

'알았어! 수고했어.'

'호홋! 칭찬해주신 거죠?'

'그래!'

가볍게 고개를 끄덕인 현수가 한 발짝 물러서자 시선을 집중시키고 있던 후조투 쿠아레와 가에탄 카구지, 그리고 의료진들 또한 물러서며 바라본다.

모두 궁금하다는 표정이다.

"이 아이는 대뇌피질에 문제가 있어서 의식이 회복되지 않는 것으로 추측됩니다."

"그럼 어떻게……?"

방법이 있느냐는 뜻이다.

"굳이 수술을 할 필요는 없을 것 같아요."

"네? 그렇다면……."

모두의 시선이 꽂혔을 때 현수의 말이 이어진다.

"아무래도 특수 치료기를 제작해야 할 듯합니다."

"네에? 치료기를 만들어요?"

모두들 놀란 표정이다. 그리고 방금 한 말이 정말이냐는 표정으로 바뀐다. 현수는 가볍게 고개를 끄덕였다.

"부품만 구할 수 있다면 하루 정도면 만들 수 있고, 다 만들어지면 72시간 이내에 의식이 깨어날 겁니다."

"……!"

모두들 입을 딱 벌린다. 식물인간 상태를 인위적으로 개선시키는 의료기구가 있다는 말은 들어본 적도 없다.

그런데 그런 걸 만드는 데 고작 하루밖에 안 걸린다고 한다. 게다가 지금껏 백약이 무효였는데 고작 사흘 만에 깨어나도록 한다는 말을 들었으니 어찌 안 그렇겠는가!

"저, 정말이십니까?"

"이곳에서 부품을 구할 수만 있다면요."

현수가 고개를 끄덕이자 후조토 쿠아레가 얼른 다가와 고개를 조아린다.

"어떤 것이든 구하실 수 있도록 협조하겠습니다. 말씀만 하십시오."

킨샤사 경찰청장이니 할 수 있는 말이다.

"좋습니다. 일단은 가전제품을 파는 곳으로 가보죠."

콩고민주공화국은 1인당 GDP가 400달러에 불과하고, 국민 대부분은 1일 1달러로 식사를 해결하는 상황이다.

어느 나라나 그러하듯 이곳에도 극소수 부유층을 위한 시장이 따로 있다.

벨기에 식민지 시절에 지어진 호화로운 대저택들은 모두 부자들의 전유물이다.

수영장 딸린 저택은 말할 것도 없고, 넓은 정원과 울창한 수목, 높은 담장으로 둘러싸여 있기에 안에 있으면 가난한 국가라는 생각이 들지 않을 정도이다.

시내 중심가 곰베 지역에는 2014년부터 레바논계 업체가 이들 부유층만을 겨냥해서 만든 파라다이스 백화점이 있다.

널찍한 통로가 확보된 이 매장엔 초고가 인테리어 자재와 가구, 전자제품 등이 진열되어 있다.

한국으로 치면 명품들만 진열해 놓고 파는 명품 전용 백화점이라 생각하면 된다.

이곳에선 한국의 LG전자와 삼성전자의 TV 등은 명품 대접을 받고 있다. 현수는 가전제품 코너를 돌며 한국산 텔레비전, 라디오, 컴퓨터 등을 지목했다.

그러는 내내 도로시의 쫑알거림이 있었다. TV에서는 어떤 부품을, 라디오와 비디오, 컴퓨터에선 어떤 부품을 빼야 한다는 쫑알거림이다. 그럼에도 모든 부품을 구한 건 아니다.

몇몇 부족한 것들이 있다고 하자 후조토 쿠아레는 그것이 무엇이냐고 물었다.

튜너와 리시버 등 주로 오디오에 사용되는 것이라 하자 한국으로 치면 전자상가로 안내했다.

규모가 작고, 허름하며, 중고품을 취급하기는 하지만 예전의 세운상가나 용산전자상가 같은 곳이다.

필요한 모든 물품을 구입한 현수는 킨샤사 경찰청에서 초정밀 주파수발생기, 즉 파동치료기를 만들기 시작했다.

TV에서 적당한 기판을 떼어내곤 도로시가 보여주는 설계도에 따라 부품을 배치했다.

정밀함이 필요한 작업이라 루페(Loupe)를 끼우고 작업했다. 루페란 보석상에서 확대경으로 사용하는 것이다.

한참 작업에 몰두하고 있을 때 부품 하나가 슬그머니 올려진다. 신일호가 만능제작기로 만든 것이다.

다른 부품은 현대의 전자기기로부터 모두 구할 수 있지만 이것만은 불가능하다.

미래의 기술이 적용된 것으로 0.001Hz 단위로 주파수를 조절할 수 있는 부품이다.

파동치료기의 핵심 부품이라 할 수 있다.

새끼손가락 손톱의 반 정도 크기이며 일체형이다. 다시 말해 분해할 수 없게 만들어졌다.

현수의 손에 완성된 파동치료기에는 구하기 어려운 진공관이 포함되어 있다. 운 좋게 중고시장에서 구한 것이다.

아무튼 경찰청에 들어선지 7시간 만에 작업이 끝났다.

*   *   *

'휴우~! 다 끝났네. 어때? 다 된 거 같아?'

현수가 만든 것은 일종의 시제품이다. 그렇기에 겉보기엔
엉성하고 허접하다. 합판으로 만든 조잡한 박스에 조절장치와
전원장치만 튀어나온 모습이다.

좋은 목재와 목공도구 등이 있었다면 훨씬 훌륭하게 만들
수 있었겠지만 현재로선 이것이 최상이다.

'네에, 제대로 만드셨네요. 수고하셨어요.'

도로시가 인정했으면 끝이다.

'그래! 이제 슬슬 가볼까?'

문을 열고 나가려 뒤돌아보니 간단히 요기할 샌드위치와
주스, 그리고 비스킷 몇 개가 놓여 있다.

작업하는 동안 후조토 쿠아레가 손수 들여놓은 것이다.

작업 개시 후 2시간쯤 지났을 때 진척상황을 확인하려 들
어왔었는데 현수는 아무런 반응도 보이지 않았다. 기판에 각
종부품을 고정시키는 납땜 삼매경에 빠진 때였다.

신일호와 신이호는 후조투 쿠아레가 누군지 알기에 아무런
제지도 하지 않았고, 현수의 작업을 방해하지 않으려 보고도
하지 않았기에 모르고 있었다.

후조토 쿠아레는 짐짓 헛기침을 하여 주위를 환기시키려
했다. 하지만 현수는 무반응이었다.

부하 경찰이 이랬다면 경(?)을 치고[27] 도 남았겠지만 아들을

27) 경을 치다: 난장(亂杖) 맞다, 오라지다, 주리 틀다 등과 같이 형벌에
처해진다는 의미.

위한 기구를 만드는 중이다. 그렇기에 살금살금 걸어서 되돌아나갔다.

만들어지고 시간이 꽤 흘렀지만 샌드위치의 맛은 괜찮았다. 토마토 주스도 좋았고, 비스킷 또한 흡족했다.

적당히 배를 채운 현수는 경찰차를 타고 무툼보 병원으로 갔다. 그러고는 조심스러운 손길로 파동치료기를 가동시켰다.

♬♪♪♬~ ♪♪♬♪~

폴의 뇌리로 감미로운 선율이 흘러 들어간다. 외부에선 들을 수 없는 소리이다.

이 곡은 도로시가 측정한 값인 528.37Hz로 조율되어 있다. 현재 연주되는 곡은 아직은 미발표곡인 'In the moonlight'의 멜로디이기도 하다.

곧이어 'To Jenny'와 'First Meeting'의 선율 또한 흘러 들어갈 것이다. 하나만 계속 들으면 질기기 때문이다.

이 곡들은 432Hz로 녹음된 것이 아니라 528.37Hz로 바뀐 것이다. 폴 쿠아레만을 위한 특수 목적 음원인 셈이다.

조심스레 세팅을 마친 현수가 한 발짝 물러서자 모두들 의아한 표정을 짓는다.

아프리카 사람들의 눈으로 보기에도 조잡한 상자에 조절장치 몇 개만 노출되어 있는 걸로 오랜 식물인간 상태를 사흘 이내에 개선시킬 수 있을까 싶었던 것이다.

이쯤 되면 상세한 설명이 필요하다. 하지만 현수는 친절하지 않았다.

본인이 만든 파동치료기의 성능과 효과, 그리고 원리는 전문가들도 이해하기 힘들다. 너무 어려운 이론이 적용된 것인 때문이다. 하물며 모두 비전문가들이다.

다시 말해 자세히 설명해 줘도 아무도 이해하지 못할 것인 지라 입을 열지 않은 것이다.

"다 된 겁니까?"

손수 제작한 치료기를 설치했는데 아무런 불빛도 새어 나오지 않고, 아무런 소리도 들리지 않는다.

폴 쿠아레 또한 무반응이다. 혹시라도 안 된다고 할까 겁이 난 후조토 쿠아레가 물은 말이다.

"네! 기기 설치는 끝났습니다. 이 상태로 놔두면 사흘 이내에 의식이 돌아올 겁니다."

"…네, 알겠습니다."

뭔가 미심쩍었지만 어찌 토를 달겠는가!

하인스 킴은 아제르바이잔 의료진들이 엄두도 못 낸 일을 이루어내고 온 사람이다. 하여 정중히 고개를 숙였다. 그리고는 초조한 시선으로 병상의 아들에게 시선을 주었다.

같은 순간, 신일호가 폴의 머리에 두 손을 대고 있다. 도로시의 지시에 따른 행동이다. 둘 사이에 오고간 지시와 대답을 들었기에 현수도 알고 있는 상황이다.

'어때? 반응이 있어?'

'아직은 그저 그래요. 그래도 전기적 신호가 계속 흘러들어가니 호전될 거예요. 마음 놓으셔도 됩니다. 폐하!'

'그래! 현 상태가 유지되도록 해야 하니까 신삼호나 신사호로 하여금 여길 지키도록 지시해.'

'넵! 말씀하신 조치를 취하겠어요.'

도로시와 대화를 마친 현수는 무톰보 병원의 의료진에게 시선을 주었다.

"병원장님! 이 기구는 환자의 상태에 맞춰서 제작하고 세팅된 겁니다. 절대 조절기에 손을 대면 안 됩니다. 아셨죠?"

"알겠습니다. 어느 누구도 손대지 못하도록 하겠습니다."

병원장의 대답이었다.

이 자리엔 폴의 부친인 킨샤사 경찰청장 후조토 쿠아레 이외에도 가에탄 카구지 내무장관과 죠셉 투윙크 건설국장 그리고 이들의 비서진 등이 와 있다.

그래서 그런지 병원장의 대답은 아주 공손했다. 이때 병실 밖에 약간 소란해지는가 싶더니 누군가 소리친다.

"대통령님께서 오셨습니다."

"어? 어떻게 여길……?"

가에탄 카구지가 나직이 중얼거릴 때 병실 안 인사들이 좌우로 갈라선다. 그 사이로 조제프 카빌라 콩고민주공화국의 대통령이 들어섰다.

1971년생이니 올해로 45세이다.

2001년 1월 26일 이후 현재에 이르기까지 약 16년간 콩고민주공화국의 대통령으로 재임하는 중이다.

위풍당당하고 정력적인 모습으로 들어선 조제프 카빌라는 현수에게 다가서며 손을 내민다. 악수를 하자는 뜻이다.

현수 본인은 한국 내에만 있다가 와서 잘 모르지만 현재 하인스 킴의 명성은 월가에서 가장 유명하다.

투자의 귀재라 일컬어지는 버크셔 해서웨의의 회장 워렌 버핏의 명성이 초라해질 정도로 인구에 회자되는 중이다.

반년도 안 되는 기간에 무려 5만 배가 넘는 수익을 올렸으니 어찌 안 그렇겠는가!

지난 6월 11일에 워렌 버핏과 점심 식사를 같이할 수 있는 권리가 경매에 붙여졌다.

그 결과 2012년과 동일한 345만 6,789달러를 써낸 익명의 참가자에게 낙찰되었다.

점심 한 끼 같이 먹는 데 무려 40억 6,430만 원을 지불하겠다고 한 것이다.

낙찰자는 워렌 버핏과 점심 한 끼를 함께하면서 '다음 투자처'를 제외한 모든 질문을 할 수 있다.

지금껏 뉴욕의 '스미스 앤 월런스키' 스테이크 전문 식당에서 점심을 먹었으니 이번에도 그리했을 것이다.

얼마 전, 월가에서 떠들썩한 '가상경매'가 진행된 바 있다. 비공식적이었음에도 입찰자는 8만 명이 넘었다.

가상경매의 입찰품목은 '하인스 킴과의 점심 식사' 이다.

점심을 같이하면서 어떤 방법으로 투자했는지에 대한 이야기를 듣는 데 얼마까지 내겠느냐는 것이었다.

경이적이라 할 수 있었던 투자비법을 들어볼 기회이다.

실제 경매가 아닌 가상인지라 상당히 뻥튀기된 금액이 난무했다.

딱 사흘간 진행된 이번 경매의 최종 낙찰금액은 12억 3,456만 7,890달러였다.

아깝게 낙찰을 놓친 차점자는 12억 달러를 써냈었다.

아무튼 낙찰자는 대부분 익명이라 발표되었는데 이번에는 이례적으로 신분이 밝혀졌다.

1997년에 한국을 IMF로 몰아넣는 데 크게 일조한 조지 소로스 (George Soros)가 장본인이다.

'투자의 신' 또는 '악랄한 환투기꾼' 이라 불린다.

소로스 투자 매니지먼트 회장인 그는 하인스 킴이 응하기만 하면 기꺼이 낙찰금액 12억 3,456만 7,890달러를 내겠다고 공언했다. 가상이었지만 가상이 아니게 된 것이다.

아무튼 현수와 밥 한 끼 같이 먹으며 이야기 나누는 데 무려 1조 4,515억 4,300만 원을 내겠다는 것이다.

워렌 버핏과의 점심보다 357배 이상 많은 금액이다.

워렌 버핏은 '투자의 귀재', 조지 소로스는 '투자의 신' 이라 칭해진다.

하인스 킴은 '투자 제국의 황제'라 불리고 있다.

그리고 '투자 제국'엔 '투자의 귀재'와 '투자의 신'이 신민으로 있는 것으로 여겨진다.

명실상부하게 세계 최고의 투자자 대접을 받는 중인 것이었다.

어쨌거나 엄청난 거금을 쥔 투자자가 입국했다. 그럼에도 아무도 모르고 있었다.

심지어 하인스 킴이 입국할 때 급행료 명목의 뇌물을 주지 않아 입국심사관이 몽니를 부렸다는 것도 몰랐다.

그렇기에 여느 날과 다름없이 업무가 끝나자 퇴근했다.

대통령궁으로 돌아가 샤워를 마치고 나왔을 때 가에탄 카구지의 전화가 있었다.

세계적인 투자자 하인스 킴이 입국한 상태이며, 아들과 조카를 혹시 치료해줄 수 있는지 알아보는 중이라 하였다.

내무장관과 경찰청장의 아들들 모두 빈사지경에 있다는 걸 알고는 있었다. 측근 중의 측근이니 당연한 일이다.

도움을 주고는 싶었지만 안 되는 건 안 되는 것이다. 하여 가끔 아이들의 안부만 묻곤 했다.

어쨌거나 모시려고 애를 써야 할 세계적인 투자자가 제 발로 입국했다. 국정 총책임자가 어찌 소가 닭 보듯 하겠는가!

하여 저녁 식사도 거른 채 후다닥 달려온 것이다.

"반갑습니다. 대통령 조제프 카빌라입니다."

"이렇게 뵙게 되어 영관입니다. 하인스 킴입니다."

"폴은 어떤지요? 수술을 하면 나아지나요?"

아직 소상한 내용은 보고받지 못한 모양이다.

"수술은 하지 않을 겁니다."

"아! 안 되는 건가요?"

식물인간 상태로 있다가 죽어야 하느냐는 말이다.

"제가 폴의 의식을 깨울 의료기구를 만들어서 방금 설치를 마쳤습니다. 제 생각이 맞는다면 사흘 안에 깨어날 겁니다."

"아! 그런가요? 고맙습니다. 정말 고맙습니다."

조제프 카빌라는 가식 없는 표정으로 환한 웃음을 짓는다. 그러고는 맞잡은 손을 힘주어 흔들었다.

"뭐 대단한 일도 아닙니다."

"무슨 말씀을……! 닥터 킴이 손을 쓰신 것만으로도 고맙고 대단한 일입니다. 진짜 감사합니다."

"네에. 그나저나 나머지 대화는 밖에서 하는 것이 어떨까요? 지금부터는 절대 정숙이 요구되거든요."

"아! 그렇군요. 알겠습니다. 나가시지요."

대통령의 말이 떨어지자 우르르 병실 밖으로 나간다. 현수는 병원장에게 시선을 주었다.

"다시 강조하는데 저 장치는 절대로 손대시면 안 됩니다. 전기가 끊겨도 안 되니 사흘만 살펴주십시오."

"아이고, 그럼요! 최선을 다하겠습니다."

대통령의 출현에 반쯤 넋이 나가 있던 병원장은 허리까지 꺾어가며 걱정 말라는 말을 반복했다.

병실을 나서 병원장 집무실로 가는 동안 도로시와 대화를 나누었다.

'도로시! 아까 만든 거 말야.'

'파동치료기요?'

'그래! 그것도 사업이 될 수 있지 않을까?'

'당연히 되죠! 엄청난 부가가치를 가진 사업이죠.'

'그걸로 암도 고쳐지지?'

'네! 개인차를 측정해서 세팅하면 모든 암을 치료할 수 있어요. 암세포만 골라서 공격하는 상황이 되니까요.'

'오케이! 그럼 Y—CC라는 이름의 회사를 만들어보자.'

'CC라면… 혹시 Cancer Control의 약자인가요?'

암을 통제한다는 의미이다.

'그래! 이 기회에 암을 정복해보자고.'

'좋죠! 근데 어디서 만들고, 어디에 파실 건데요?'

'만드는 건 여기! 파는 건 세계. 많이 팔리겠지?'

'팔리는 거야 어마어마하겠지요. 근데 왜 여기서 만들어요? 부품 구하기도 힘든 나라인데.'

'여기도 발전해야 해서. 근데 그걸 쓰면 변형 캔서봇이 투여된 놈들의 암도 완치되나?'

'으음! 그건…, 일단은 나아지긴 하죠. 하지만 완치는 아니

에요. 변형 캔서봇이 있는 한 금방 재발되니까요.'

'알았어.'

잠시 후, 조제프 카빌라 대통령과 현수, 그리고 가에탄 카구지 내무장관은 병원장 집무실에 자리잡고 앉았다.

병원장은 본인의 집무실임에도 같이하는 영광을 누리지 못한 채 비서실에서 대기하는 중이다.

폴의 부친인 후조토 쿠아레는 아들의 병실 앞 의자에 앉아 있다.

부하들에게 일러 병실 인근에선 어떠한 소음도 나지 않도록 철저히 경비하라고 한 상태이다.

한편, 이춘만 지사장은 죠셉 투윙크 건설국장과 함께 있다. 잉가댐 및 수력발전소 건설공사에 대한 세밀한 정보를 얻기 위함이다.

2013년 3월에 37억 5,000만 달러에 공사를 수주했던 지나의 건설사는 공사 도중 현장 인근에서 반군과의 교전이 잦았다는 이유로 공사를 포기했다고 한다.

현장까지 진입로 공사를 하던 중의 일이니 사실상 아무것도 안 한 상태이다.

그럼에도 계약금 명목으로 약 5,000만 달러 상당의 지하자원을 가져갔으니 졸지에 강도당한 것이나 다름없다.

이전에 천지건설에서 수주했을 때는 총공사비가 35억 달러에 불과했다.

　무려 2억 5,000만 달러나 더 받아 처먹으려 했는데 동부에서 노다지가 쏟아진다는 말을 듣고 이를 포기하고 반군에 붙은 것이다.

Chapter 11

—

Cancer Control

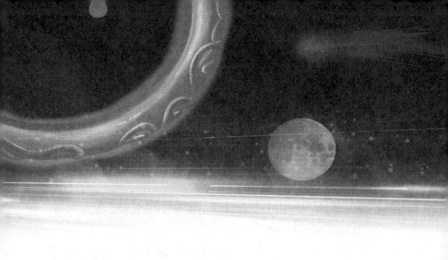

"천지건설의 전무이사로 재직 중이라 들었습니다."

"네에, 어쩌다 보니 그렇게 되었네요."

"국적이 남아공인데 한국은 어떻게……?"

"그것도 어쩌다 보니 그렇게 되었습니다."

조제프 카빌라는 여유 만만한 현수의 모습에 과연 세계적인 투자자는 다르다는 느낌을 받았다.

제국의 황제로 지냈으니 어느 누구도 거리낌 없이 대했던 습관 때문인데 이를 여유 만만하다 오해한 것이다.

"잉가댐 공사의 견적을 맡으신다고 들었습니다."

"아! 그거요? 아직 도면도 못 봤습니다. 도면 받으면 본사에 적극적으로 검토해달라고 강권할 생각입니다."

"그래주시면 고맙지요."

"에고, 뭔 말씀을……! 저희 회사에서 견적할 수 있는 기회를 주신 것만으로도 고맙습니다. 본사 견적팀에게 최선을 다하라고 지시하겠습니다."

"네, 잘 부탁드립니다. 그나저나 우리나라에 오신 것에 특별한 목적이 있으신지요?"

이곳에 오기 전에 대통령 비서실장은 꿔다 놓은 보릿자루처럼 구석에 찌그러져 있던 이춘만 지사장을 슬쩍 잡아당겼다. 그러고는 현수의 입국 목적을 물었다.

그랬더니 지사장인 본인도 모른다는 대답을 들었다.

혹시 정기적인 점검 순찰은 아니냐고 물었더니 올해는 이미 왔다 갔다는 대답을 하였다.

콩고민주공화국은 돈 많은 부자가 관광을 즐기기엔 부족함이 너무 많은 나라이다. 그렇다면 관광이 아닌 뭔가 다른 목적이 있어 입국했다는 뜻이다.

이런 내용을 보고받았기에 조제프 카빌라는 눈빛을 반짝이며 바라본다. 투자목적이라는 말을 듣고 싶은 것이다.

"외람되고 무례한 말씀이지만 현재 콩고민주공화국의 외채 총액은 얼마나 되는지요?"

"그건……!"

조제프 카빌라는 잠시 말을 끊었다. 현수의 표현대로 외람되고 무례한 질문이었기 때문이다. 하지만 이내 굳었던 표정을 푼다. 이유가 있으니 물었을 것이기 때문이다.

"아국의 외채총액은 31억 2,500만 달러 정도 됩니다."

"아실지 모르겠습니다만 저는 투자자이기도 합니다. 하여 제 재산의 10% 정도를 투자할 것이 있을까 싶어서 이곳을 찾아 왔습니다."

현수의 말이 끝나자 조제프 카빌라는 물론이고 가에탄 카구지까지 의자를 당겨 앉으며 시선을 집중한다.

뉴욕 타임즈의 보도대로라면 현수의 재산은 500억 달러가 넘는다. 기사가 나오고 시간이 흘렀으니 어쩌면 1,000억 달러를 훌쩍 넘겼을지도 모른다.

몇 달 사이에 5만 배 이상을 벌어들였으니 2배 정도로 불리는 것은 순식간일 것이기 때문이다.

아무튼 10%라면 최하가 50억 달러이다. 이만한 돈을 투자하겠다고 나서면 선진국에서도 버선발로 달려들 것이다.

하물며 후진국인 콩고민주공화국은 어떠하겠는가!

둘은 초롱초롱해진 눈빛으로 현수의 다음 말을 기다리고 있었다.

"일단은 킨샤사 주변을 둘러보면서 무엇을 할 것인지 가늠해보아야 할 것 같습니다."

"물론 그러시죠."

"이렇게 국정을 이끄시는 두 분은 뵈니 제가 적극적으로 사업구상을 해도 괜찮을 듯합니다. 그렇죠?"

"아이고, 그럼요. 그럼요!"

"당연하신 말씀입니다. 원하시는 것이 있으면 뭐든 말씀만 해주십시오. 최대한 협조해 드리겠습니다."

"감사합니다. 일단 2~3일 정도 킨샤사를 비롯한 주변을 둘러보고 싶습니다."

"으음. 비포장도로가 많아서 차량 이용은 불편하실 겁니다. 기동성 좋은 헬기를 제공할 테니 그걸로 둘러보시죠."

"헬기요?"

"네! 제가 쓰는 게 있습니다. 저는 당분간 탈일이 없을 것 같으니 전무님이 제 헬기를 쓰십시오."

가에탄 카구지의 말이었다. 조제프 카빌라는 동의한다는 듯 고개를 끄덕이더니 말을 잇는다.

"반군이 있으니 편대가 좋겠네."

내무장관 전용헬기 한 대만 띄우지 말고 호위용 헬기 3~4대가 함께 움직이게 하라는 뜻이다.

"네! 그렇게 하겠습니다."

가에탄 카구지가 고개를 끄덕일 때 현수는 살짝 고개를 숙이며 예를 표했다.

"저야 배려해 주시면 고맙지요."

"근데 어떤 사업을 구상하시는지요?"

"먼저 이곳의 토지를 사거나 임대할 수 있다면 대규모 농장을 운영해 보고 싶습니다."

"대규모 농장이요?"

"네! 벼, 옥수수, 밀, 콩과 같은 여러 작물을 재배하면서 돼지, 닭, 소, 오리, 양 등을 키워보려고요."

"……!"

둘은 어느 정도 규모가 될 것인지를 가늠해 보았다.

콩고민주공화국에선 토마토가 풍부하게 생산되고 있다. 그럼에도 교통이 불편하여 반 이상이 썩어서 버려진다.

어떤 곳에서는 토마토가 썩어나가는데 다른 곳에선 이게 부족하여 외국으로부터 통조림으로 수입하는 실정이다.

따라서 대규모 농장이라는 것이 확 와 닿지 않은 모양이다. 이때 현수의 말이 이어진다.

"그리고 아까 보셨던 의료기구 생산도 고려하고 있습니다."

"아! 아까 보았던 의료기구요?"

둘이 본 것은 엉성한 합판상자 하나뿐이다.

외부로 드러난 것이라곤 주파수 조절에 사용되는 다이얼 몇 개와 전원장치, 그리고 삐져나온 전선이 전부이다.

크기는 Play Station 4박스 정도이다.

그런 걸 만들어봤자 무슨 이득이 될까 싶다.

그렇기에 다소 난감해한다. 더 그럴듯한 제품을 만드는 걸 고려해 주었으면 하는 표정인 것이다.

이런 때는 적극적인 설명이 필요하다.

"아까 그게 겉보기엔 엉성할지 모르지만 첨단기술이 적용된 암(癌) 치료기입니다."

"네에? 암 치료기라고요?"

둘의 눈이 대번에 커진다.

"네! 그걸 사용하면 웬만한 암은 거의 다 정복될 겁니다."

"그, 그럼, 혹시 혈액암도 가능합니까?"

가에탄 카구지의 음성이 살짝 떨리고 있었다.

눈에 넣어도 아프지 않을 늦둥이 아들 제프 카구지의 병명이 '림프모구성 백혈병'인 때문이다.

"당연히 가능합니다. 혹시 환자가 있으신가요?"

짐짓 알면서도 묻는 말이다.

"네! 제 아들 제프가… 미국의 병원에서 포기했는데도 가능한 겁니까? 현재 필라델피아 어린이병원에 있습니다."

"숨만 붙어 있으면, 그리고 살겠다는 의지만 있으면 충분히 가능하죠."

가에탄 카구지는 절박한 심정으로 물었는데 현수는 조금도 미적거리지 않고 태연히 고개를 끄덕인다.

아까 파동치료기를 만들고 있을 때 현수는 도로시에게 필라델피아 어린이병원에 입원 중인 제프의 의무기록을 샅샅이 살펴보도록 지시한 바 있다.

'파동치료기로 치료 가능해?'

'네! 시간은 걸리지만 제 연산 결과로는 가능하네요.'

'오케이! 알았어.'

이미 이런 대화가 오갔기에 지극히 태연한 것이다.

"아까 그 장치로 가능한 겁니까?"

"그렇긴 한데 제가 아드님의 상태를 보고 다시 세팅해야 합니다. 아드님을 데리고 오십시오."

"정말 가능한 거지요?"

가에탄 카구지는 동문서답을 하는데 눈빛이 형형하다. 거짓말이면 죽일지도 모른다는 생각이 들었을지도 모른다.

이번에도 현수는 태연하다.

"그럼요! 당연히 가능하니까 말씀드리지요."

파동치료기로 안 되면 엘릭서를 복용시키면 된다.

오래전, 로열 레이몬드 라이프(Royal Raymond Rife)가 만든 것은 3주의 시간이 필요했다.

반면, 현수가 제작한 것은 말기 백혈병이라 하더라도 2주 정도면 충분히 완치된다.

도로시가 계산해 본 결과이니 믿어도 될 것이다.

그럼에도 위중한 상태가 되면 엘릭서를 복용시킬 계획이다. 그럴 경우엔 하루나 이틀이면 완전히 멀쩡해진다.

이러니 태연할 수밖에 없는 것이다.

"진짜 제 아들을 데려오면 치료해 줄 수 있는 거죠?"

"그럼요! 데리고 오세요. 참! 그러려면 치료기를 하나 더 제작해야 하는군요."

"필요한 부품을 말씀하시면 재깍 구해놓도록 하지요."

"아뇨! 제가 확인을 해야 합니다. 그러니 내일 오전에 아까 갔던 곳들을 다시 가보지요."

폴에게 사용된 것을 조절하여 제프에게 사용해도 된다.

그럼에도 다시 만들어보려는 것은 문득 떠오른 생각이 있어서이다.

"어차피 내일 오후까지는 데려오기 힘듭니다. 필라델피아 어린이병원에서 퇴원 수속을 해야 하니까요."

아무리 빨라도 모레는 되어야 한다는 말이다.

"그래요? 알겠습니다."

"그럼 전 아들을 데려오라는 연락 좀 하고 오겠습니다."

현수가 고개를 끄덕일 때 가에탄 카구지는 대답도 듣지 않고 벌떡 일어나더니 후다닥 나가 버린다. 무례지만 대통령이나 현수 모두 표정의 변화가 없다.

자식의 생명과 직관된 일이기 때문이다.

잠시 현수와 조제프 카빌라는 어색한 분위기 속에 있었다. 그러다 문득 생각난 듯 현수가 먼저 입을 열었다.

"대통령님! 여긴 외국인의 토지 소유가 가능한가요?"

"그럼요. 가능합니다. 어느 정도가 필요하십니까?"

이 물음에 현수는 동문서답을 했다.

"농장을 개설하게 되면 가급적 많은 인원을 고용할 생각입니다. 그러려면 킨샤사 인근이 좋겠지요?"

"그럼요! 인구는 충분히 많습니다."

현재 콩고민주공화국의 실업률은 46%대이다. 일할 수 있는 나이의 국민 절반이 놀고 있다는 뜻이다.

외국자본이 들어와 소규모라도 고용을 창출해 주는 것만으로도 대단히 고마운 일이다. 그런데 대규모라 한다.

어찌 반색하지 않겠는가!

모두 자신의 치적이 되기 때문이다.

"그러려면 가급적 넓은 땅이 필요합니다."

"얼마만 한 규모를 생각하시는지 모르겠습니다만 그만한 농토는 구하기가……"

수도의 경작지를 사겠다고 할까 봐 난색을 표한다.

"에고, 현재의 농지를 사겠다는 게 아닙니다. 땅을 구하면 농토로 개간해서 쓸 생각입니다."

미개발지를 자기 돈 들여서 개발하겠다는 뜻이다. 당연히 반색할 일이다.

"아! 그렇다면 기꺼이 협조해야지요."

"일단은 어디가 좋을지 둘러보고 말씀드리고 싶네요."

"네, 당연히 그러셔야죠. 아시는지 모르겠습니다만 우리나라는 사업규모가 일정 규모 이상이면 관세 면제 등 여러 혜택을 드리고 있습니다."

투자를 꼭 해달라는 뜻이다.

"네! 대통령님이 이토록 적극적이시니 제가 필요로 하는 땅을 꼭 찾아보도록 하겠습니다."

"아이고, 감사합니다."

이만한 답변만으로도 충분히 감사하다는 듯 환히 웃는다.

병원을 나선 현수는 곰베 지역에 위치한 풀먼 킨샤사 그랜드 호텔 스위트룸으로 향했다.

레스토랑에서 식사를 마친 후엔 콩고강이 한눈에 보이는 객실 베란다에 앉아 경치를 즐겼다.

느닷없는 국빈(國賓)이 된 현수를 위해 후조투 쿠아레는 경찰병력 1개 중대를 풀어 삼엄한 경계를 하도록 했다.

아직 아들이 깨어나지 않아서이기도 하지만 대통령의 특명이 내려온 때문이기도 하다.

다음 날 아침, 천지건설 킨샤사 지사로 잉가댐 및 수력발전소 건설공사 도면이 당도하였다.

견적을 내고 싶으면 현수더러 직접 방문하라고 하더니 건설국장이 직접 배달에 나선 것이다.

죠셉 투윙크는 현수의 또 다른 신분을 알고는 화들짝 놀라지 않을 수 없었다.

'투자제국의 황제'인데 너무도 소탈했다. 그 정도 자산가면 이십 명 이상의 경호원들에 둘러싸여 있는 게 정상이다.

콩고민주공화국의 치안 상태가 별로이기 때문이다.

그런데 달랑 혼자서 다녔다. 동행했던 이춘만 지사장은 어느 면으로 봐도 경호원이 될 수 없기 때문이다.

이춘만 지사장은 40대 후반으로 주변머리 일부뿐만 아니라 속알머리까지 휑한 탈모인의 한 사람이다.

신장은 불과 172㎝이며, 팔다리는 가는데 과다한 맥주와 베이컨 때문인지 뱃살만은 불룩하다.

이런데 어떻게 경호원일 수가 있겠는가!

아무튼 특별한 하자가 없는 한 잉가댐 관련 공사는 천지건설이 수주하는 것으로 묵인된 상태이다.

지나의 건설사와 계약했던 금액보다 다소 높을 것으로 예상하고 있다. 계약 당시 지나의 건설사가 했던 죽는 소리를 아직도 기억하고 있었기 때문이다.

정부당국에선 지나의 건설사가 반군과의 교전을 빌미로 손을 털고 떨어져 나간 게 아마도 적은 공사비 때문은 아닌가 생각하고 있다.

실제로 잉가댐 및 수력발전소 건설공사는 여러 난제를 안고 있다.

첫째는 공사 현장까지의 진입도로 미비이다. 공사하기 전에 길부터 개척해야 하는 상황이다.

지나의 건설사는 이 도로를 조성하던 도중에 공사를 포기했다. 시간이 흘렀으니 다시 잡초 무성한 곳이 되어버렸을 것이 분명하다.

둘째는 댐을 설치하려는 곳의 지반과 암석이 약한데, 지형까지 험난하다.

절벽이 있는데 그리 굳은 암석층이 아니라 다 긁어내고 해야 할지도 모른다. 이런 선조치 없이 공사를 강행하면 완공 후에 한 방에 무너질 수가 있다.

하여 지나의 건설사가 손을 떼겠다는 통보를 했을 때 정부에선 공사비를 증액해 줄 수 있음을 내비쳤다.

그때 책정한 마지노선은 39억 5,000만 달러이다.

시간이 흘렀기에 조제프 카빌라 대통령은 40억 달러 이내라면 즉시 계약해도 된다는 지침을 내려준 상태이다.

다만 보유외환이 없으니 구리, 아연, 망간, 리튬, 코발트와 같은 자원으로 공사비를 대체하길 바라고 있다.

콩고민주공화국의 산업전반은 부정부패가 만연되어 있다. 부정부패지수(CPI)가 세계 163개국 중 6번째이다.

뇌물을 안 주면 당연히 될 일도 안 될 수 있고, 돈을 먹이면 절대로 안 될 일도 일사천리로 진행된다.

그런데 잉가댐 관련공사는 대통령과 내무장관이 직접 관리하는 공사가 되어버렸다. 중간 및 하부 관리들이 중간에서 농간을 부리고 싶어도 그럴 수 없게 된 것이다.

그랬다가 걸리면 가에탄 카구지의 비밀경찰 또는 건설국장 죠셉 투윙크에 의해 반쯤 죽을 수도 있다.

*   *   *

이춘만 지사장이 받은 도면을 항공화물로 발송하는 작업을 진행하는 동안 현수는 내무장관 전용 헬기를 타고 킨샤사 주변을 둘러보고 있었다.

킨샤사의 북쪽은 콩고강이 흐르는데 강 너머는 콩고이고, 남서쪽엔 바콩고 주, 남동쪽엔 반둔두주가 자리 잡고 있다.

"흐음! 저택은 킨샤사 최외곽이나 마찬가지였네."

강연희의 주요 거처로 사용되었던 킨샤사 저택은 레드마피아 노보로시스크 보스인 지르코프가 선물해 줬었다.

벨기에 귀족이 살던 곳으로 32개의 방과 17개의 화장실, 그리고 8개의 욕실을 갖추고 있다. 이밖에 대형 거실과 주방, 그리고 식당과 서재, 야외 수영장도 갖춰져 있다.

현재는 거주자가 없어서 그런지 을씨년스러운 모습이다. 현수가 저택에 시선을 주고 있을 때 도로시가 묻는다.

'이 저택 뒤쪽의 땅에 전단토가 있다는 거죠?'

'그래! 그때는 아리아니와 땅의 정령이 있어서 아주 쉬웠는데… 쩝~!'

'죄송해요, 저는 그런 능력이 없어서!'

'아냐! 그렇다고 삐치진 마. 그냥 하는 소리니까.'

현수는 기장에게 착륙해줄 것을 요청했다.

호위 헬기들이 먼저 착륙하고, 경찰특공대원들이 주변 수색을 마친 후에야 헬기에서 내려설 수 있었다.

착륙한 곳은 킨샤사 저택의 뒤편 공터이다.

멀리 연못이 보인다. 강연희와 장모님이 자주 와서 쉬던 섬도 그대로 있다. 섬 중앙의 파고라 역시 폐허 같다.

이 연못 주변엔 바이롯 농장이 있었고, 병상이 1만 개 있는 이실리프 의료원, 그리고 대형 놀이공원 등이 조성되었었다.

저택의 앞에서 큰길까지 가는 도로 양쪽엔 사용인들과 그 식솔이 머물던 고급빌라 단지와 아파트 단지, 그리고 학교와 쇼핑몰 등이 있었다.

그런데 지금은 아무것도 없이 잡초만 무성하다. 마치 천 년 전에 폐허가 되어버린 성터를 보는 느낌이다.

"쩝~!"

저택 뒤쪽에 내려선 현수가 연못 가까이 다가가려 할 때 도로시의 음성이 들린다.

'폐하! 잠시만요. 주위에 뱀들이 많아요.'

'……?'

'잠시만 기다려 주십시오. 신일호……'

도로시의 지시를 받은 신일호와 신이호는 뱀들이 싫어하는 음파를 뿜어냈다.

같은 시각, 신삼호는 외곽을 돌며 독충들을 제거했다.

놀란 뱀들이 사방으로 흩어졌지만 특공대원들은 이를 눈치채지 못하였다.

신사호는 폴의 병실에 머무는 중이라 동행하지 않았다. 파동치료기를 아무도 건드릴 수 없도록 하기 위함이다.

'이제 괜찮아요.'

연못에 다가가보니 물이 뿌옇다.

흐르지 않고 고여 있어서 그런 모양이다. 노 젓는 배는 반쯤 썩은 채 방치된 상태이다.

밑에서 샘이 솟고 있지만 양이 많지 않다. 증발량과 솟는 양이 비슷하니 현재와 같은 수위가 계속 유지될 것이다.

현수는 잠시 멍한 시선으로 연못을 바라보았다.

세월을 거슬러 왔지만 거꾸로 아주 오랜만에 온 듯한 느낌이 든 때문이다.

이리저리 돌아다니며 전단토가 어디에 있을까 가늠해보았지만 육안으로는 전혀 찾을 수 없었다. 넉넉하게 날을 잡아서 신일호 등으로 하여금 삽질해서 찾아야 할 듯싶다.

잠시 후 헬기는 다시 이륙하였다. 그러고는 반둔두주 거의 전체를 둘러보았다.

현수가 택한 곳은 콩고강 인근 구마(Guma) 일대이다. 이전의 조차지보다 약간 북쪽에 위치해 있다.

수림은 더욱 무성하지만 개간하면 그만이다.

이 과정에서 얻어지는 목재는 건축자재로 탈바꿈되고, 작은 줄기와 껍질 등 부산물은 펠릿이 된다.

그래도 남는 잎사귀 등은 잘 발효된 퇴비로 만든다.

현수가 이곳을 택한 이유는 적당한 산지가 있어서 커피와 같은 작물을 재배할 수 있고, 오리, 닭, 소, 돼지, 양 등을 방목할만한 여건이 좋아 보여서이다.

평지에서 생산될 각종 곡물과 과일 및 채소들은 수로를 이용하여 마타디항까지 곧장 운송할 수 있다.

육로도 사용하겠지만 수로가 훨씬 편리한 곳이다.

'내가 본 곳의 면적은 얼마나 되지?'

'괜찮다고 하셨던 곳 전체는 12만㎢ 정도 될 거예요.'

콩고민주공화국의 야채와 과일 가격은 매우 비싸다.

물류비와 보관시설 부족 때문이다. 하여 선도를 유지하기 못하여 폐기되는 양이 상당히 많다.

그래서 어떤 곳은 썩어서 버리는데 다른 곳은 외국에서 통조림으로 수입한다.

지나로부터 마늘, 양파 등이 냉동 상태로 수입되고, 남아공에서는 상추, 감자 등의 야채와 포도, 복숭아, 사과 등의 과일을 수입하는 실정이다.

광대한 영토를 가져 농업대국이 될 충분한 잠재력을 가졌음에도 야채와 과일의 수입 의존도가 매우 높다.

'기왕에 다시 하는 거니 제대로 해야겠지?'

'마스터플랜 짜드려요?'

'그러기 위해 수송선과 각종 중장비, 그리고 농기계 및 농기구 등의 확보가 필요해. 주효진 변호사나 김승섭 변호사에게 연락해서 군산의 일을 시작하도록 해.'

'마지막으로 구상하신 것대로 진행해요?'

현수의 마지막 구상은 24.33㎢ 면적을 매입하는 것이었다. 평으로 환산하면 736만 평이다.

원래 600만 평 규모였는데 조금 더 늘어난 것이다.

이곳엔 현대중공업 군산조선소와 한국 GM 군산공장, 그리고 두산인프라코어와 세대에너텍 및 중소규모 공장들이 다수 들어서 있다.

'내가 말했던 대로 조성되도록 최선을 다하라고 해.'

'넵! 지시대로 합니다. 사전에 필요한 내용들을 군산시와 조율하도록 할게요.'

'알았어. 맡길게! 최선을 다해.'

'넵!'

두산인프라코어를 인수하면 Y—종합기계로 명칭을 바꾼 뒤 이곳 개발에 필요한 각종 중장비와 농기계 등을 생산하도록 할 생각인 것이다.

'참! 사업부지 인근의 농토들도 확보해.'

'농토를요? 얼마나요?'

'한 500만 평 정도는 있어야 하지 않겠어?'

16.53㎢ 정도를 사들이라는 뜻이다.

'군산항 인근 농토를 매입하라는 말씀이신 거죠?'

'그래! 더 살 수 있으면 더 사고. 규모가 웬만해야 농업회사를 만들 수 있잖아.'

Y—AI(Agricultural Industry)를 만들고, 현지 농민들을 고용하여 직원으로 쓰겠다는 뜻이다.

'말씀하신대로 진행해 볼게요. 근데 땅값이 비싸서……'

'부동산 가격이 많이 내려가지 않았어?'

'농토는 상대적으로 하락폭이 적어요.'

'그래도 일단은 사들여. 거기 저수지 2개 있지?'

'네! 옥구저수지와 그보다 조금 작은 게 있죠.'

'군산시와 협의해서 그것도 사들여. 그 근처의 농토 전부를 사들이면 기꺼이 불하해줄 거야.'

통계청 자료에 의하면 대한민국의 2015년의 쌀 생산량은 100㎡당 54.2kg이었다.

그런데 성녀 스테이시 아르웬과 현수, 그리고 숲의 요정 아리아니가 합작하여 개량해 낸 벼 종자의 생산량은 100㎡당 980kg이나 된다. 현재보다 무려 18.08배나 많다.

16.53㎢나 되는 논에 벼를 재배하면 연간 16만 1,994톤을 생산해낼 수 있다.

군산 Y—시티에는 17만 명 정도가 거주할 것으로 예상하고 있다. 물론 더 늘어날 수도 있다.

아무튼 2015년 1인당 쌀 소비량이 62.9kg이었으니 17만 명이라면 연간 1만 693톤을 소비하게 된다.

생산량의 6.6%만 소비하는 것이다.

불과 500만 평 규모에서 생산하는 쌀이지만 257만 5,000명이나 먹일 수 있다.

참고로, 전라북도 인구는 186만 5,634명이다.

따라서 농토 매입 후 쌀 한 가지만 심는 것 바보짓이다.

Y—시티에서 필요로 하는 보리, 밀, 콩, 팥, 조, 수수, 기장, 옥수수, 감자, 고구마, 양파, 오이, 배추, 무, 당근, 상추, 참깨, 들깨, 양배추, 시금치, 호박, 가지, 우엉, 토란, 고추, 마늘, 생강, 미나리, 대파, 쪽파 등도 재배한다.

다음은 현수가 가진 주요작물 종자의 생산량이다. 비교대상은 대한민국의 2016년 현재의 작물들이다.

쌀	18.08배		감자	16.01배
보리	17.85배		고구마	15.55배
밀	18.22배		참깨	13.47배
콩	18.02배		들깨	13.49배
옥수수	22.01배		마늘	16.55배

참고로, 표에 언급되지 않은 다른 작물들도 모두 최하가 현재의 10배 이상이다.

이것들의 공통점은 병충해에 매우 강해 농약을 치지 않아도 된다는 점과 작물의 맛과 품질이 우수하다는 것이다.

이 정도면 농약 범벅인 지나산 농산물들을 몽땅 밀어내고 완전한 자급을 이룰 수 있을 것이다.

Y—시티는 100% 사유지이다. 하여 외부인의 무단 침입을 막기 위한 자연친화적인 담장을 세울 계획이다.

진입로마다 차단기가 설치되어 Y—시티 주민 또는 사전에 허가받은 자만 통행 가능하다.

일정규모 이상의 내실이 다져질 때까지는 종자 보호와 외부의 개입을 차단하려는 의도이다.

'참! 요즘 지나는 어때?'

지난 3월 8일부터 매일 비가 내린 결과 지나는 엉망진창이 되어버렸다.

가옥은 침수되었고, 모든 지하시설엔 흙탕물이 가득 찼다. 도로는 다 유실되었고, 지하철과 철도도 모두 끊겼다.

활주로가 엉망이 되어 항공기도 뜨거나 내리지 못하며, 항구들은 상류에서 쏟아져 온 각종 쓰레기로 뒤덮여 그 기능을 잃어버렸다.

방송, 통신, 인터넷도 모두 끊겼다. 당연히 증시도 문을 열 수 없고, 은행도 모두 문을 닫았다.

모든 발전소가 원인 불명으로 가동 불가능 상태에 빠져 버렸다. 그 결과 지나의 거의 모든 기업들이 도산해 버렸다.

농토가 모두 유실되어 보유외환을 풀어 곡물을 사들였으나 인구가 너무 많아서 졸지에 빈털터리로 전락된 상태이다.

미국과 더불어 G2로 발돋움하다가 졸지에 청(淸)나라 시대로 되돌아간 것이다.

그리고 6개월 정도가 흘렀다.

이제 곧 날씨가 쌀쌀해진다. 난방을 위해 석탄을 때기 시작하면 한반도는 또다시 대기오염에 시달리게 될 것이다.

'상당 부분 재건되었지만 아직은 그래요.'

전기 공급이 끊겼지만 워낙 인구가 많아 삽질만으로도 어느 정도 복구된 모양이다.

'난방으로 또다시 대기오염을 야기시키면 그때는 석탄이 다 젖을 때까지 계속 폭우가 쏟아지게 해. 알았지?'

'네! 계속 재기 불능 상태를 유지토록 할게요.'

'참! 자치구들은 어때?'

신장위구르, 서장, 황하회족, 내몽골, 광서장족 자치구는 지난번의 폭우로부터 안전했다. 한족(漢族)들의 숫자가 상대적으로 적어서 봐준 것이다.

'지나 놈들이 대거 이동하여 현재는 아비규환인 상태예요.'

5개 자치구는 발전소가 정상 가동되고 있으며, 도로, 공항, 통신, 방송, 인터넷이 멀쩡하다.

그러니 우르르 몰려들어 깽판을 치고 있는 모양이다.

'대기오염 상황은?'

'벌써 시작이죠. 신장위구르 자치구는 석탄 때는 연기로 하늘이 뿌옇게 보여요.'

'그래? 그럼 이번엔 자치구들도 포함시켜.'

'흑룡강성, 길림성, 요령성은 어떻게 할까요?'

조선족이 많이 거주하니 배려할 것인지를 물은 것이다.

'예외 없어! 대기오염을 유발하면 왕창 쏟아 부어.'

현수가 인식하고 있는 지나인들은 후안무치하고, 무식하며, 시끄럽고, 지극히 이기적이다.

물론 일부는 아닐 수도 있겠지만 대다수가 이러하다고 인식하고 있다.

그리고 조선족 중 상당수는 이미 지나화되어 버렸다.

한국으로 돈을 벌러 올 때는 동포라 하지만 한국과 지나가 전쟁을 하게 되면 기꺼이 인민군복을 입을 것이다.

게다가 동북삼성에도 한족들이 우글우글하다. 동북공정의 일환으로 대규모로 이주한 결과이다.

따라서 조선족의 사정을 봐주어 동북삼성을 예외해 주는 것은 결코 안 될 말이다. 따라서 춥다고 석탄을 때기 시작하면 이번 겨울은 아주 혹독하게 추울 것이다.

2016년 현재 동북삼성의 인구는 1억 명을 상회하고 있다. 하지만 내년엔 이 인구가 절반으로 줄어든다. 이번 겨울에 최소 5,000만 명이 동사(凍死)할 것이기 때문이다.

'언제까지 그렇게 할까요?'

'우리가 태양광 발전시스템을 공급할 때까지 계속!'

Y—에너지의 태양광발전 사업은 이제 막 법인을 설립하고 직원을 뽑고 있는 중이다.

본격적인 생산이 가능하려면 적어도 1년은 걸린다.

그렇게 해서 생산된 것은 내수 먼저이다. 따라서 지나가 태양광 발전시스템을 공급받으려면 3년은 지나야 한다.

최소 3년은 난방 없는 추운 겨울을 보내야 한다는 뜻이다.

이게 싫으면 상대적으로 따뜻한 운남성이나 해남성으로 이주하면 된다.

'알았어요. 계속 청나라 시절에 머물도록 할게요.'

도로시가 이렇게 대답했으면 그렇게 된다.

말 떨어지기 무섭게 위성들의 연산이 시작되었다.

매일 1년 강수량에 해당하는 폭우가 쏟아지면 지금껏 재건해 놓았던 모든 것들이 물거품처럼 흩어져버릴 것이다.

바야흐로 지나에 또 한 번의 재앙이 다가가려는 조짐이다.

어쨌거나 현수는 12만㎢ 정도를 매입하거나 조차하려고 한다. 평으로 환산하면 약 363억 평이다.

대부분이 정글이거나 잡초만 무성한 미개발지이다.

평당 100원이라면 3조 6,300억 원이다. 30억 8,740만 달러에 해당한다.

Chapter 12

—

200년 후에 줄게요

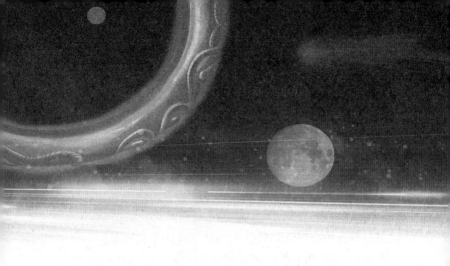

'팔라고 하면 팔까?'

'아마도요! 이 시점에 누가 그 땅을 사겠다고 나서겠어요?'

'조차해 달라고 하는 건 어때?'

'100년이요?'

'좀 짧지 않아? 200년은 돼야지. 나중엔 돈 들여 개발한 것 포함하여 몽땅 다 돌려주는 거니까.'

'그건 폐하께서 어떻게 말씀하시느냐에 따라 다르겠네요.'

'그렇지? 알았어.'

현수는 반두두 일대를 둘러보았다.

반두두주의 면적은 29만 5,658㎢이다. 대한민국 전체 면적의 약 3배나 된다. 따라서 하루에 다 돌아볼 수 없다.

아침 일찍 호텔을 나서서 하루 종일 헬기를 타고 돌아다녔다. 저녁이 되면 무툼보 병원에 들러 폴 쿠아레와 파동치료기의 상태를 살폈다.

그렇게 사흘이 후딱 지나갔다.

도착 즉시 병원으로 가려 했지만 대통령궁의 만찬이 먼저이다. 대통령이 저녁을 같이 먹자고 초대했던 것이다.

대통령궁이니 솜씨 좋은 주방장이 음식을 만들었겠지만 히야신스의 신호철 주방장의 발끝도 못 따라올 실력이었다.

고기에선 누린내가 났고, 다른 음식은 조금 덜 조리된 듯했다. 하지만 어찌 내색을 하겠는가!

현수는 입 짧은 식객이 되어야 했다. 억지로라도 삼키려 했지만 역한 냄새 때문에 넘기기 힘들어 먹는 척만 했다.

그러고 보니 아주 오래전 테세린의 영주 로니안 자작의 성(城)을 방문했을 때가 기억난다. 그때 전성기의 오드리 헵번과 닮았던 로잘린과 처음 만났다.

주방장이 음식을 내왔는데 누린내가 너무 심해서 후춧가루를 꺼냈던 기억이 있다.

그때는 아공간을 사용할 수 있었지만 현재는 불가능하다. 그렇기에 누린내를 극복할 수 없었던 것이다.

"우리 음식이 입에 안 맞는가 봅니다."

포크와 나이프로 스테이크를 썰던 대통령의 말이다.

"아뇨! 오기 전에 뭘 좀 먹었더니 배가 불러서요."

현수의 말은 사실이다.

킨샤사의 호텔로 복귀했을 때 객실에서 비스킷 몇 개와 주스를 먹은 바 있다.

풀먼 호텔 전속 파티쉐가 주인을 위해 준비한 것이다.

현수가 파리에서 비행기에 탑승할 때 풀먼 킨샤사 그랜드 호텔의 총괄지배인은 전화 한 통을 받았다.

곧 이 호텔의 새로운 주인이 당도할 것이니 늘 비워두라고 했던 스위트룸을 깨끗이 치워놓으라는 전갈이다.

아울러 현수가 선호하는 음식과 다과, 그리고 음료 등을 알려주었다.

호텔의 주인이 바뀌면 의례히 총괄지배인도 바뀐다.

그리고 지배인이 바뀌면 그 밑의 매니저들도 줄줄이 바뀌게 된다. 본인의 심복을 심게 마련이기 때문이다.

하여 언제 그만두라는 전갈이 올지 전전긍긍하던 차이다.

킨샤사에선 한번 직업을 잃으면 동종업계에 재취업하는 게 정말 어렵다. 호텔이 그리 많지 않은 까닭이다.

총괄지배인을 하다가 벨 보이를 할 수는 없지 않은가!

다른 특급호텔의 총괄지배인이 갑자기 사망하지 않는 이상 쫓겨나면 곧바로 백수가 된다.

전화를 건 상대는 새 주인의 비서 도로시 게일이라고 하면서 여러 증빙 서류들을 팩시밀리로 보내왔다.

의심의 여지가 없었다.

신분이 확인된 후의 통화는 일방적이었다. 도로시는 절대 갑이고, 총괄지배인은 확실한 을이었다.

도로시는 총괄지배인 교체 계획이 없으며, 부정을 저지르지 않는 이상 직원을 해고하지 말라면서 현수를 극진히 모시라는 지시를 내렸다.

어찌 그 명을 어기겠는가!

총괄지배인은 즉각 객실청소원들을 총동원하여 스위트룸을 완벽하게 정리했다.

다음으로 파티쉐(Patissier)를 닦달하여 맛있는 비스킷을 구워내도록 했고, 주방장에게도 새로운 주인이 오니 즉시 식재료 점검을 하고, 바싹 긴장하라는 말을 전했다.

풀먼 킨샤사 그랜드 호텔 전체는 5분대기조처럼 변했고, 전 직원의 움직임은 전과 달리 빠릿빠릿해졌다.

그렇기에 현수의 객실에 입맛에 맞는 비스킷과 주스 등이 준비되어 있었던 것이다.

그런데 새 주인의 신분이 만만치 않다.

갑자기 유명해진 의사이며, 세계적인 투자가이다.

그래서 킨샤사 경찰청장이 전투경찰 1개 중대를 파견하여 안팎에 배치했던 모양이다.

덕분에 풀먼 호텔은 곰베 지역에서도 가장 안전한 곳이 되었다. 그런데 이게 끝이 아니다.

예고 없이 추가 병력이 더 배치되었다.

이번엔 대통령 경호실 소속 특공경찰 3개 분대이다. 물어보니 호텔의 주인이 국빈으로 신분 상승되었다고 한다.

어쨌거나 콩고민주공화국에는 치안을 담당하는 일반 경찰과 수시로 반군과의 전투에 투입되는 전투경찰이 있다. 이밖에 대통령 및 요인 경호만 전담하는 특공경찰이 있다.

이들의 편제는 다음과 같다.

분대는 분대장 1명 외 7명으로 구성된다. 8명이 1개 분대인 것이다. 이런 분대 4개가 합쳐지면 소대가 된다. 소대장이 추가되니 33명이 정원이다.

소대 넷이 모이면 중대가 된다. 중대장 1명을 포함하면 총 편제인원은 133명이다.

따라서 현재 풀먼 호텔 외부와 옥상에는 전투경찰 133명이 배치되어 있고, 스위트룸이 있는 최상층과 그 아래층엔 24명의 대통령 경호실 소속 특공경찰들이 경호하고 있다.

모두 프랑스 FN사에서 제조한 돌격소총 FNC를 들고 있어 왠지 삼엄해 보인다.

하지만 호텔을 찾은 손님들은 오히려 더 좋아한다. 보다 안전하다 생각하기 때문이다.

아무튼 현수가 만찬을 일찍 끝내자 대통령도 서둘러 식사를 끝냈다. 듣고 싶은 말과 하고 싶은 말이 있기에 식욕이 돌지 않은 때문이다.

잠시 후, 둘은 대통령 집무실로 자리를 옮겼다.

오래전에도 여러 번 와보았는지라 새삼스러울 것은 없었지만 왠지 감개무량했다.

비서가 주문했던 커피를 내려놓고 나간 후 먼저 입을 연 것은 현수이다.

"잉가댐 및 수력발전소 건설공사는 웬만하면 천지건설에 맡겨주십시오."

"그러지요. 천지건설 측에서 40억 달러 이상을 요구하지 않으면 그럴 생각입니다."

국가의 기반시설을 외부에서 공사하게 되면 먼저 다수의 견적을 받고 그중 우선협상 대상을 지목한 후 지루한 네고 싸움을 해야 한다.

그럼에도 이견이 좁혀지지 않으면 차순위 견적자와 접촉하는 식으로 진행된다.

이런 일은 어느 한 쪽의 인내력이 무너져야 계약된다.

잉가댐 및 수력발전소 공사도 그런 것 중 하나이다. 그런데 아예 마지노선이 어딘지를 제시했다.

40억 달러 이내라면 무조건 수용하겠다는 뜻이다. 물론 뭔가 바라는 것이 있어서 이렇게 말했을 것이다.

조제프 카빌라는 2001년 1월부터 현재까지 16년 정도 국정을 이끌었던 사람이다. 그러는 동안 정상회담도, 첨예한 정치적 이익 다툼도 아주 많이 해봤을 것이다.

그럼에도 속내를 바로 드러낸 것은 두 가지 이유가 있다. 하나는 현수에게서 뿜어지는 강력한 카리스마이다.

2,900년 이상 제국의 황제로 군림했다.

그러는 동안 저도 모르게 말로 형언할 수 없는 아우라를 뿜는 존재가 되어버렸다.

이에 반해 조제프 카빌라의 경력은 고작 16년이다. 그리고 황제가 아니라 국왕 정도의 자리에만 머물렀다.

그러니 저도 모르게 기세에 눌려 속내를 드러낸 것이다.

두 번째 이유는 엄청난 재산을 가진 현수로부터 어떻게 하든 투자를 이끌어내야 한다는 절박한 심정 때문이다.

조제프 카빌라의 대통령 임기는 올해로 끝이다. 그전에 괄목할만한 성과를 국민들에게 보여주어야 한다.

안 그러면 정권이 야당으로 넘어갈 수 있다. 그렇기에 40억 달러라는 마지노선을 저도 모르게 언급한 것이다.

"감사합니다. 대통령님의 의중을 회사에 전달해서 원하시는 가격 이내에 공사가 되도록 하겠습니다."

"네! 부탁드립니다."

조제프 카빌라는 카드 한 장을 까서 보여줬으니 당신도 하나를 까보라는 표정이다.

"제가 이곳에 온 지 며칠 안 되었지만 킨샤사의 보건 상태가 별로 좋아 보이지 않더군요."

"……!"

요 대목에서 할 말이 없는지 굳은 표정이다. 현수의 지적대로 킨샤사엔 이렇다 할 의료시설이 없다.

곰베 지역에만 몇몇 병원과 의원이 있을 뿐이다. 돈 많은 부자나 권력자 또는 외국인들만 이용하는 곳이다.

대다수 국민들은 여전히 주술사에 의지하는 실정이다.

조제프 카빌라는 1997년부터 1998년 사이에 북경 국립국방대학에서 군사학 공부를 한 바 있다. 약 1년간 북경에 머물면서 그곳의 의료상황을 대충이나마 보고 온 것이다.

지나의 병·의원은 별로 믿음이 가지 않았다. 그런 그곳보다도 더 후진적이고, 의료시설도 부족함을 알고 있다.

"대통령님께서 허락해 주신다면 한국으로부터 품질 좋은 의약품을 수입하고 싶습니다."

"그렇다면… 의약품 도매라도 하겠다는 건가요?"

조제프 카빌라는 세계적인 투자자의 스케일이 너무 작은 것 아닌가 하는 생각을 했다.

"허락해주신다면 해볼 생각입니다."

"좋아요. 허락한다면 어떤 것을 들여오실 건지요?"

"항생제, 소염제, 진통제, 지사제, 소화제, 해열제 등이지요. 들어보니 이곳의 의약품은 구하기가 힘들다더군요."

"그런가요?"

처음 듣는 이야기라는 표정이다.

실제로 그러하다. 대통령 및 일가족은 각별한 의료 혜택을 보고 있으니 모르는 것이다.

"그리고 벨기에인과 지나인이 각각 자국 의약품을 들여와 팔고 있다는데 그 가격이 터무니없이 비싸다고 하더군요."

"얼마나 비싸기에……?"

"한국에서 사는 것보다도 비싸다고 하더군요."

한국은 손꼽히는 선진국이 되었다. 그런데 세계에서 가장 가난한 나라 중 하나에서 그보다 비싸게 판다는 말이다.

"끄응!"

왠지 꾸지람을 들은 듯한 느낌이라 나직한 침음을 냈다.

"죄송한 말씀이지만 콩고민주공화국은 한국보다 가난한 나라입니다. 허락해주신다면 한국에서 파는 가격의 절반 정도에 공급하는 건 어떨까 싶습니다."

"한국 소비자 가격의 절반이요?"

"네! 그렇게 하면 이곳에서 파는 의약품 가격의 4분의 1 정도가 될 겁니다."

"……!"

조제프 카빌라는 다소 충격 먹은 표정이다.

지금 한국 소비자 가격의 2배에 달하는 가격으로 의약품이 유통되고 있다는 말인 때문이다.

"아직 약사 제도가 없는 걸로 알고 있습니다. 하여 소매점을 모집할 때 투약 지침서대로만 팔도록 하겠습니다."

아주 오래전에 해본 일이다.

프랑스와 링갈라어, 콩고어, 스와힐리어, 그리고 한국어, 영어로 표기된 투약지침서에는 성별, 나이, 증상에 따른 투약량이 명확하게 표기되게 될 것이다.

애매한 경우엔 본사 상담실에 연락하면 정확한 양을 알려주도록 한다.

*   *   *

"소매점을 모집해요?"

"네! 읽고 쓸 줄 알아야 소매점주가 될 수 있으며, 저희가 지정하는 장소에만 소매점을 개설할 수 있습……."

"……!"

마치 오래전부터 계획된 일인 양 막힘이 없다. 하여 다소 놀란 표정을 지었다.

"저희에게 의약품 수입 및 도매를 허락해주신다면 그에 합당한 배려가 있어야겠죠?"

"……?"

이번엔 무엇을 말하려느냐는 표정이다.

"여기 인구가 약 8,000만 명인 것으로 알고 있습니다."

"네, 8,080만 명 정도 되지요."

"말라리아와 콜레라, 그리고 홍역과 장티푸스 백신을 각각 5,000만 명 분량을 무상으로 제공하겠습니다."

"네에……?"

5세 미만의 아동 중 상당수가 말라리아 때문에 목숨을 잃고 있다. 그럼에도 나라가 가난하여 제대로 된 백신을 공급하지 못하고 있는 실정이다.

콜레라와 홍역, 그리고 장티푸스 역시 많은 국민들의 목숨을 앗아가는 무서운 전염병이다.

각각 5,000만 명분의 백신이 있다면 가족의 죽음 때문에 눈물짓는 일이 확연히 줄어들 것이다.

어쨌거나 무려 2억 명 분량의 백신을 돈 한 푼 받지 않고 무상으로 제공하겠다고 한다. 너무도 통이 커서 멍한 얼굴로 현수를 바라보았다.

이때 현수의 말이 이어진다.

"백신 접종에 필요한 주사기 2억 개도 드리겠습니다."

"대체 왜……?"

아무런 연고도 없는 가난한 나라에 의약품 시장을 개척하고자 하는 것치고는 대가가 너무 세다. 하여 놀란 표정으로 현수를 바라보았다. 그러다 문득 스치는 생각이 있었다.

"우린 가난합니다. 우리에게 진짜 바라는 것이 뭔지요?"

"지난 사흘간 킨샤사 외곽과 반둔두주 일대를 돌아보았습니다."

"네! 그러셨지요."

대통령의 어투는 보다 정중해졌다.

"저는 이곳에서 새로운 사업을 해봤으면 합니다."

"……!"

대통령은 말없이 현수의 다음 말을 기다렸다.

"그러려면 이곳 국민들이 건강해야 합니다. 그래서 의약품 유통 권한을 말씀드린 겁니다."

"말씀하십시오."

"거두절미하고 말씀드리겠습니다. 킨샤사 외곽과 반둔두주의 땅 중 12만㎢를 200년간 조차해 주십시오."

"네에? 얼마요?"

"12만㎢라고 말씀드렸습니다."

반둔두주는 한국으로 치면 경기도 같은 곳이다. 면적은 29만 5,658㎢이고, 총인구는 520만 명가량이다.

이곳은 지난 2015년에 콰고(Kwango)주, 퀼루(Kwilu)주, 그리고 마이은돔베(Mai—Ndombe) 주로 분할되었다.

현수가 갖고자 하는 땅은 셋 중 북쪽에 위치한 마이은돔베 주의 대부분이다.

현재의 면적은 12만 7,465㎢이고, 인구는 180만 명이다.

이 땅의 북쪽에 흐르는 콩고강은 콩고(Republic of the Congo)와의 국경이다.

참고로, 콩고민주공화국은 Democratic Republic of the Congo로 표기된다. 북쪽의 콩고와 구분하기 위해 'DR콩고'라 하기도 한다.

대통령이 잠시 멍한 표정을 지을 때 현수는 집무실 벽으로 다가가 지도의 한 부분을 손으로 짚어주었다.

  "말씀하신 땅은 마이은돔베주의 거의 대부분인데 거기서 무엇을 하시려고요?"

  "아! 이곳의 명칭이 반둔두가 아닌가요?"

  "네! 2015년에 반둔두가 3개 주로 분할되었습니다."

  "그렇군요. 아무튼 이곳의 땅을 제게 조차해 주십시오."

  "거기서 무엇을 하시려고……?"

  "바나나, 파인애플, 망고, 파파야, 커피 및 각종 농작물을 재배하려고요."

  "네?"

  "제가 알기론 콩고민주공화국은 1976년에 식량 때문에 곤욕을 치렀습니다. 그때는 국명이 자이르였죠? 그때……."

  1976년 자이르 정부가 곡물대금 결제를 지연하자 '콘티넨탈 그레인(Continental Grain)'이 밀 공급을 중단했다.

  이로 인해 상당히 많은 사람들이 아사(餓死)했다.

  참고로, 콘티넨탈 그레인은 1998년에 미국의 곡물기업 카길(Cargill)에 의해 인수 합병되었다.

  나중에 현금으로 대금을 지불하고, 이듬해 밀의 독점 수입을 약속하고야 수출을 재개했었다.

  조제프 카빌라는 1971년생이라 그때의 기억이 없다. 하지만 그 시기에 형과 누나가 굶어 죽었다는 것은 안다.

하여 곡물기업에 대해 결코 좋은 감정이 없다.

"…조차지에서는 온갖 작물을 다 재배할 계획입니다. 쌀, 보리, 밀, 콩, 옥수수 등은 물론이고……."

잠시 현수의 열변이 토해졌다.

조차지에선 곡물과 과일, 그리고 채소들이 재배된다.

적절한 고도의 산지(山地)가 있기에 열대뿐만 아니라 아열대와 온대 기후에서 재배되는 것까지 모두 가능한 것이다.

동시에 소, 돼지, 닭, 오리, 양, 염소 등도 사육하며, 습지에선 향어, 송어, 장어, 철갑상어 등도 양식할 것이다.

이렇게 얻어낸 수확물 중 일부는 콩고민주공화국에서 필요한 만큼 저렴한 가격에 넘겨주겠다고 하였다.

지금보다 훨씬 싼 값에 안정적으로 공급받게 되는 것이다.

Y—LT(Leased Territory)라 불리는 조차지에서 생산되는 각종 농축산물은 아프리카 대륙 전체와 남북한이 필요로 하는 양 이상이 될 것이다.

세계 곡물시장을 좌지우지하는 것은 5대 곡물 메이저이다. 이들의 공통점은 유대인들의 기업이라는 것이다.

그리고 또 하나는 악명(惡名)이 높다는 것이다. 과거의 자이르가 콘티넨탈 그레인에 당한 것 이상이다.

미국의 카길과 아처 대니얼 미들랜드, 프랑스의 루이드레퓌스, 아르헨티나의 붕게, 스위스의 앙드레가 그들이다.

Y—LT에서 본격적으로 농산물을 생산하게 되면 5대 곡물

메이저는 몰락의 길을 걷게 될 것이다.

그간 빨대를 꼽고 쪽쪽 단물만 빨아먹던 수많은 거래처를 잃을 것이기 때문이다.

"그 넓은 땅을 다 농토로 개간하겠다고요?"

12만㎢는 대한민국 전체에 추가로 전라남도와 전라북도를 더한 것 만한 면적이다.

이런 어마어마한 면적을 다 농토로 쓸 거냐는 물음이다.

"그럴 수야 없죠. 기왕에 말이 나왔으니 마이은돔베주 전체와 킨샤사의 이곳을 제게 조차해 주십시오."

현수가 다시 손으로 짚은 곳의 면적은 약 12만 8,000㎢이다. 규모가 조금 더 커진 것이다.

마이은돔베주 전체 12만 7,465㎢에 킨샤사 외곽 535㎢이 플러스 되었다.

마이은돔베주의 인구는 180만 명이고, 킨샤사 외곽인구는 20만가량이니 200만 명을 품을 수 있다.

"……!"

대통령은 멍한 표정이다. 규모가 너무 커서이다.

"제게 200년간 조차하는 비용으로 30억 달러를 일시불로 드리겠습니다."

"어, 얼마요?"

정부에서 산출한 2017년 예산은 2015년에 비하면 절반 가까이 줄어들었다.

예산수입의 대부분이 천연자원 수출에 의존하고 있었는데 원자재 가격이 급격히 하락한 때문이다.

하여 내년 예산은 28억 6,000만 달러로 책정되어 있다.

그런데 1년 예산 이상의 금액을 일시불로 주겠다고 한다. 돈이 많다는 건 알지만 통이 너무 크다.

하여 멍한 시선으로 현수를 바라보았다. 이때 현수의 말이 이어진다.

"조차되는 지역민들 중 일할 수 있는 사람들은 가급적 모두 고용하겠습니다. 제가 듣기로 공무원 중 특공경찰의 급여가 높은 수준이라고 들었습니다."

대통령 경호실 소속 특공경찰의 평균 월급은 100달러이다. 한화로 11만 7,575원이다.

"……!"

대통령은 현수의 말이 맞는가 하는 생각을 하고 있었다.

"조차지 인구가 200만 명이면 이 중 100만 명 정도가 생산 가능 인구인 것으로 추산됩니다."

"그, 그렇겠죠."

"제게 고용되는 사람들에겐 매월 300달러의 급여를 지불하겠습니다. 이들의 소득세 원천징수를 원하시면 그렇게 해드리죠. 그런데 이곳의 세율은 얼마나 되는지요?"

소득세를 10%로 할 경우 연간 세수가 3억 6,000만 달러 늘고, 20%라면 7억 2,000만 달러나 늘어난다.

이는 2017년 예산액의 25%가 넘는 금액이다.

300달러의 3분의 1인 33.3%를 소득세로 원천징수해도 큰 불만은 없을 것이다.

실수령액이 특공경찰 월급의 2배에 해당하는 때문이다.

이럴 경우 세수가 12억 달러나 증대된다. 내년 국가예산의 42%에 해당된다.

조차지에서 300만 명을 고용한다면 예산보다 훨씬 많은 금액이 조차지에서 나온다. 게다가 고질적인 문제인 실업률이 많이 낮아질 것이다.

국정을 이끄는 사람으로서 당연히 반길 일이다.

하여 조제프 카빌라는 현수의 표정을 살폈다. 진심여부를 알고 싶은 것이다.

"대신 조차지에 대한 모든 세금은 없어야 합니다. 의약품도매도 마찬가지이고요."

"에고, 그건 당연하지요."

"소매에선 세금을 징수하셔도 좋습니다."

예를 들어, 한국의 Y─메디슨에서 항균소염제를 400원에 수입하여 소매점들에게 500원에 공급할 경우 차액 100원에 대한 세금은 없어야 한다.

다만 소매점이 500원에 매입한 것을 1,000원에 팔 경우엔 차액 500원에 대한 세금을 징수해도 좋다는 뜻이다.

"알겠습니다. 감사합니다."

콩고민주공화국 정부는 광업, 농업, 제조업 등 낙후된 산업을 성장시키기 위해 외국기업 투자 유치에 힘써왔다.

하지만 정치 불안과 부정부패 만연, 그리고 높은 세율이 걸림돌이 되어 별다른 성과가 없었다.

이에 투자청(ANAPI)에서는 외국기업에 대한 투자 인센티브로로 소득세와 법인세 면세 카드를 꺼내 들었다.

수도권이나 킨샤사 인근은 3년간 면세이고, 수도권에서 멀어질수록 4년 및 5년까지 면세 혜택을 주고 있다.

이건 일반적인 회사들이 진출할 때의 경우이다.

현수는 영구한 소득세 및 법인세 등 모든 세금의 면제를 요구한 것이다. 그런데 전혀 고깝지 않다.

오히려 놓치면 손해라는 생각이 든다.

"아까 어디서부터 어디를 조차해달라고 하셨지요?"

"여기부터 여기까지입니다."

"잠시만요!"

대통령은 비서로 하여금 정밀지도를 가져오도록 했다. 그러고는 매직펜을 주어 직접 표기해달라고 하였다.

현수는 킨샤사 외곽의 저택 진입로 인근부터 시작하여 마이은돔베주 경계선에 선을 그었다.

살롱(Salon) 국립공원 중 일부가 포함된 구역이다.

"의약품 도매와 200년간 조차지를 제공하는 것은 국무회의 의결과 의회 승인이 있어야 할 일이라 생각합니다."

"네! 맞습니다."

"가급적 빠른 시기에 결정이 났으면 좋겠군요."

"네! 최대한 빨리 결과를 알려 드리겠습니다."

대통령은 크게 고개를 끄덕였다.

"감사합니다. 오늘 만찬은 참으로 유익한 거네요."

"하하! 저도 그렇게 생각하고 있습니다."

대통령이 파안대소를 터뜨릴 때 인터폰이 울린다.

삐이이잉―!

현수와 대화를 하는 동안 웬만한 일이 아니면 아무도 들어오지 말 것이며, 연락도 하지 말라고 하였기에 고개를 갸웃거리며 수화기를 들었다.

Chapter 13

—

깨어났니?

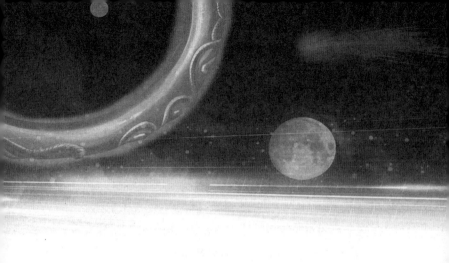

"무슨 일 났어?"

—대통령님! 무톰보 병원에서 연락이 왔습니다.

대통령 비서실장의 연락이었다.

"오! 그래? 뭐라는데?"

—폴 쿠아레가 깨어났다고 합니다.

대통령은 현수의 얼굴을 힐끔 살핀다.

킨샤사 경찰청장인 후조토 쿠아레는 외국의 여러 병원에
폴의 상태를 문의한 바 있다.

당연히 CT 및 MRI 자료를 먼저 보내놓고 대화한 것이다.
그때마다 고개를 좌우로 저었다. 방법이 없다는 것이다.

그런데 현수는 엉성한 장치 하나를 걸어놓고는 72시간 안에 깨어날 것이라 말하였다.

딱히 믿음직스럽진 않았다. 그런데 말했던 시간보다도 이른 시간에 의식이 돌아왔다는 것이다.

"아이의 의식이 돌아왔다고 합니다. 가보셔야죠?"

"아! 그런가요? 그렇다면 가봐야죠."

현수가 자리에서 일어서자 대통령도 따라서 일어선다.

"같이 가시죠. 저도 아는 아이입니다."

"그런가요? 그럼 그러시죠."

잠시 후 현수는 대통령 전용차에 동승해 있었다.

"조차지를 얻으시면 무엇부터 하실 겁니까?"

"농토 개간과 동시에 사용인들을 위한 거주지도 지어야겠죠."

"사용인을 위한 집을 지어요?"

"네! 편안한 거처가 있어야 일을 더 열심히 할 수 있으니까요. 가족 수에 따른 주거를 제공할 생각입니다."

"그러니까 집은 지어서 준다고요?"

믿어지지 않는다는 표정이다.

"네! 가족 수에 따른 적당한 크기의 집을 지어줄 생각입니다. 뿐만 아니라 학교도 지어야죠."

"으음……!"

대통령은 나지막한 침음을 낸다. 어느 기업이 들어와서 자국 국민들에게 집과 학교까지 지어주겠는가!

이때 현수의 말이 이어진다.

"그밖에 도서관, 영화관, 쇼핑몰, 놀이공원 등도 지어야죠. 일만 하고 살 수는 없으니까요."

"……!"

갈수록 양양이다.

"참! 킨샤사 외곽에 종합병원도 지으려 합니다."

"종, 종합병원이요?"

"네, 병상 1만 개 규모의 종합병원을 지을 생각입니다. 킨샤사에도 의료혜택이 필요한 사람들이 많을 테니까요."

"헐……!"

지구 어디에도 병상 1만 개 규모의 종합병원이 없다. 그런 걸 마치 작은 집 하나 짓는 것처럼 이야기한다.

"병원 주변엔 의과대학과 간호과대학, 그리고 약학대학이 자리 잡게 될 겁니다."

"네에?"

크게 놀란 표정이다.

"똘똘한 학생들을 보내주시면 실력 있는 의사와 간호사, 그리고 약사로 키워 드리겠습니다."

"……!"

외국인이 자비를 들여 자국 의료인력을 배출해준다고 한다. 어찌 믿어지겠는가!

"그밖에 디즈니랜드 같은 놀이공원도 조성할 생각입니다. 커다란 식물원도 만들 거고요."

대통령은 대체 이 사람은 무슨 생각을 하는 중일까 하는 표정이다.

"저택은 제가 머물 공간으로 딱이더군요. 입주하게 되면 초청할 테니 왕림해주십시오."

"아이고, 그럼요! 부르시면 당연히 가봐야죠."

대통령 전용차를 타고 무톰보 병원까지 가는 동안 조제프 카빌라는 현수의 환심을 사기 위해 애를 썼다.

확실한 아군이 된 것이다. 그러는 동안 신일호와 이호, 그리고 삼호는 죽어라고 달렸다. 동승할 공간이 없어서이다.

"아! 오셨습니까?"

현수가 병실에 발을 들여놓자 후조토 쿠아레와 그의 아내, 그리고 병원장이 반색하며 고개를 숙인다.

"아이는요?"

현수의 말에 아이 엄마가 먼저 나선다.

"잠시만요! 포올~!"

"… 응! 엄마. 왜?"

말하는 걸 보니 폴의 의식은 명료해 보인다.

"잠시만요!"

폴에게 다가간 현수는 눈꺼풀을 올려보고, 신체 이곳저곳을 슬쩍 슬쩍 건드려 보았다. 그럴 때마다 반응이 있었다.

다들 현수가 하는 양만 지켜보고 있다. 현수의 뒤를 따라 들어선 대통령도 보고만 있는 중이다.

"폴! 사고 났던 거 기억해?"

"네! 공 잡으려고 나갔는데 트럭이 달려왔어요."

"그래서 많이 아팠어?"

"그건 몰라요! 눈 떠보니 여긴걸요."

사고가 났던 2013년 2월 1일부터 오늘에 이르기까지 의식이 없었다는 뜻이다.

"교통사고가 나서 수술을 했어. 근데 너무 오래 누워 있어서 근육이 많이 줄었어. 그러니 이제부터는 밥 많이 먹고 운동도 열심히 해야 해. 알았지?"

"네에."

폴은 해맑은 웃음을 지어 보였다.

뒤돌아선 현수는 후조투 쿠아레 부부를 바라보았다.

"별 이상 없습니다. 재활을 잘하면 되겠습니다."

"감사합니다. 감사합니다. 정말 감사합니다."

"이 은혜를 어떻게……? 흐흑! 정말 고맙습니다."

후조토 쿠아레와 그의 부인이 현수의 양손을 잡고 연신 고개를 조아린다.

둘의 눈에선 감사의 눈물이 뚝뚝 떨어지고 있었다. 대통령과 병원장은 흐뭇한 미소를 짓고 있었다.

이때 병실의 문이 열리고 가에탄 카구지가 들어선다. 폴이 깨어났다는 소식을 듣자마자 달려온 것이다.

"아! 오빠."

후조투 쿠아레의 아내가 가에탄 카구지를 보더니 왈칵 눈물을 흘린다.

3년 가까이 병석에 누워만 있던 아들이 깨어난 감정도 있지만 현수를 데려온 장본인인 때문이다.

"폴은 어때? 진짜 깨어난 거야? 괜찮아?"

"네! 보세요. 폴! 외삼촌 오셨다."

"아~! 통통(Tonton)!"

통통은 프랑스어로 '아저씨'라는 뜻이다. 가족 관계상 삼촌에게만 쓰는 어휘이다.

"그래 폴! 몸은 괜찮니?"

가에탄 카구지의 시선은 조카인 폴의 몸 상태를 유심히 살피고 있었다.

"네! 괜찮아요. 근데 힘이 없어서 못 일어나겠어요."

"그건 금방 괜찮아질 거야. 정말 다행이다."

"네에, 통통!"

폴은 잘 웃는 명랑한 아이였던 것이 분명하다. 아이로부터 시선을 뗀 가에탄 카구지가 현수를 바라본다.

"제프는 내일 당도합니다. 잘 부탁드립니다."

절대 권력자 중 하나이지만 현수를 대하는 태도는 지극히 정중했다.

"아드님 의무기록을 미리 볼 수 있을까요?"

"아! 물론이죠. 그건 제프가 올 때 같이 올 겁니다. 그때 보실 수 있도록 하겠습니다."

"그래요! 그나저나 폴이 깨어나서 다행입니다."

"네! 모두 하인스 킴 전무님 덕분입니다. 아이 외삼촌으로서 정말 감사드립니다."

가에탄 카구지는 다시 한번 정중히 고개를 숙였다.

"저어! 말씀 중에 죄송하지만……"

누군가의 주저하는 음성에 시선을 돌려보니 병원장이었다. 자신에게 시선을 보내고 있기에 얼른 고개를 끄덕였다.

지금은 이곳 사람들의 마음을 얻는 것이 중요한 때문이다.

"네! 말씀하십시오."

"저기 저 장치를 다른 환자에게 써도 되는지요?"

"의식불명인 환자가 또 있습니까?"

"네!"

병원장이 고개를 끄덕일 때 대통령이 나선다.

"혹시 사무엘 오벤 중령……?"

"네! 대통령님."

방금 언급된 환자는 하원의장 미나쿠 오벤(Minaku Aubin)의 아들이다.

야당 대표를 겸하고 있으니 조제프 카빌라를 견제하는 세력의 우두머리라 할 수 있다.

사무엘은 반군과 교전 중 총상을 당해 후송되었다.

도착 후 여러 검사를 했지만 뭐가 잘못되었는지 의식불명 상태에 빠져 있다.

"의식불명이라고 해서 다 사용될 수 있는 건 아닙니다. 환자가 이곳에 있다면 한 번 보여주세요."

"네! 환자는 옆 병실에 있습니다."

"좋습니다. 한 번 보지요."

하원의장의 아들이라 그런지 사무엘 오벤 역시 폴 쿠아레와 같은 대접을 받고 있는 모양이다.

"누구……?"

병원장의 안내를 받아 병실에 현수가 들어서자 건장한 체격의 사내가 일어선다. 하원의장 미나쿠 오벤이다. 그의 곁에는 아내인 듯한 여인이 있다.

"하원의장님! 이분은 폴 쿠아레를 깨어나게 한 의사세요."

"반갑습니다. 하인스 킴이라고 합니다."

현수가 손을 내밀었지만 하원의장은 이게 대체 무슨 영문인가 하는 표정이다.

이때 병원장이 다시 나선다.

"아주 유명하신 의사선생님이십니다."

"…아! 반갑습니다. 미나쿠 오벤입니다. 여긴 제 아내고요.

저 녀석은 제 아들입니다."

굳은 악수를 나눈 현수는 병상의 사내에게 시선을 주었다. 30대 중반으로 보였다. 중령치고는 매우 젊다.

"제가 아드님을 살펴봐도 될까요?"

"아! 그럼요. 그럼요!"

언제 깨어날지 모를 아들이다. 병원에서 여러모로 신경을 써주고는 있지만 아직까진 아무런 효과가 없어 답답했다.

새로운 의사이니 혹시나 하는 마음에 한걸음 비켜선다.

현수는 사무엘 오벤의 눈꺼풀을 들어보는 등의 기본적인 확인을 했다. 그러는 동안 도로시의 보고가 계속 이어지고 있었다.

눈에 보이지는 않지만 신일호가 사무엘의 몸에 손을 얹고 있기에 신체 내부를 점검할 수 있었던 것이다.

'총상을 입은 곳은 우측 허벅지예요. 그때 쓰러지면서 전뇌에 충격으로 인한 손상이 발생되었나 봐요. 이 경우는 파동치료기 대신 수술로 혈전을 제거하면 괜찮아질 것 같아요.'

'뇌수술을 하라고? 이 병원에서?'

'네! CT나 MRI는 없지만 수술할 기구는 모두 갖춰져 있으니 가능해요.'

'그래? 알았어.'

도로시와 대화를 마친 현수는 병원장에게 시선을 주었다.

"이 환자의 의무기록을 볼 수 있을까요?"

"잠시만 기다리십시오."

기다렸다는 듯 모든 의무기록들을 꺼내왔다.

"흐으음……!"

현수가 낮은 침음을 내자 모두의 표정이 굳어진다.

"어려운… 건가요?"

"이 환자는 파동치료기보다는 개두술이 필요할 것 같아요. 전뇌 부분에 혈전이 형성된 것 같거든요."

CT나 MRI 결과가 없기에 확실한 대답은 하지 않았다. 보지 않고도 그렇다고 단언할 수는 없기 때문이다.

"네? 뇌, 뇌수술이요?"

하원의장 부부는 몹시 놀란 표정으로 눈을 크게 뜬다.

"네! 뇌수술이라 하여 의학드라마처럼 엄청 어렵고 복잡하지 않습니다. 생각보다 간단할 수도 있거든요."

마치 세계적인 대가 같은 발언이다. 그래놓고는 하원의장 부부에게 시선을 주었다.

"제게 수술을 맡기신다면 해보겠습니다만 보호자들의 생각은 어떠신지요?"

"네……?"

하원의장은 얼떨떨한 시선으로 현수를 바라본다.

갑자기 나타난 새파랗게 젊은 동양계 의사가 하나뿐인 아들의 두개골을 열자고 하는데 어찌 황당하지 않겠는가!

"수술만 하면 의식은 금방 깨어날 겁니다. 신체 다른 부위는 괜찮은 거죠?"

시선을 받은 병원장이 얼른 고개를 끄덕인다.

"네! 총상 부위는 잘 아물고 있습니다."

"그렇군요! 오늘은 늦었고, 내일은 시간이 괜찮습니다. 수술실 사용 가능한가요?"

병원장은 얼른 고개를 끄덕인다. 확인은 안 해봤지만 내일 수술 스케줄이 있다 하더라도 밀어낼 생각이다.

권력자의 자녀이기 때문이 아니다.

어시스트로 수술에 참여하는 의료진뿐만 아니라 견학하는 다른 의사들에게도 아주 좋은 공부가 될 것이기 때문이다.

"저어, 수술만 하면 우리 아이가 깨어날 수 있을까요?"

하원의장의 부인이다. 몹시 불안한 표정이다.

"네! 머리의 이 부분에 출혈된 혈액이 굳어 있어서 의식을 못 찾고 있는 것으로 추측됩니다. 요거만 제거하면 금방 괜찮아질 거예요."

"아제르바이잔에서도 뇌수술을 여러 번 하신 의사선생님이세요. 일함 알리예프 대통령님도 수술받으셨지요."

병원장의 부언설명이었다.

사실 일함 알리예프는 수술이 아니라 시술을 받은 것이다. 그럼에도 굳이 부정하진 않았다.

수술 욕심 때문이 아니다. 진짜로 혈전만 제거하면 괜찮아질 것이라는 도로시의 확답을 받은 때문이다.

*　　　　*　　　　*

"그건… 우리에게 생각할 시간을 주십시오."

"네! 그러시죠."

차트를 보니 식물인간 상태가 되고 이틀쯤 지났다. 아직은 시간이 있다는 뜻이다.

이때 대통령이 나선다.

"오벤 의장! 이 의사에 대한 자료를 보내드리리다."

현수에게 의약품 도매권과 조차지를 제공하려면 야당의 도움을 받아야 한다.

그리고 잉가댐 및 수력발전소 공사 역시 의회의 승인을 받아야 한다.

게다가 사무엘 오벤은 국방부의 명령을 받고 참전했다가 부상을 당했다. 당연히 도와야 하기에 나선 것이다.

"감사합니다. 대통령님!"

정적관계지만 아들의 목숨이 걸려 있으니 도움을 마다할 일이 아니다. 오벤 의장과 그의 아내는 고개를 숙였다.

"자자! 그럼 이만 나갑시다."

가에탄 카구지의 말에 모두들 병실을 나섰다. 현수는 대통령이 내준 차를 타고 풀먼 호텔로 돌아갔다.

조제프 카빌라와 가에탄 카구지는 대통령궁에서 머리를 맞

대고 있다. 현수의 제안을 의논하는 것이다.

현수가 샤워를 마치고 늦은 저녁을 먹는 동안 모든 각료들이 대통령궁에 집결하고 있었다.

마음 변하기 전에 하루라도 빨리 결론을 내리려는 것이다.

"좋은 아침입니다."

"네! 좋은 아침입니다. 아침 식사는 하셨습니까?"

아침 식사를 마치고 무툼보 병원으로 가니 마침 로비에 있던 병원장이 반갑게 맞이한다.

밤새 아들의 곁에 있던 후조토 쿠아레가 출근하겠다고 나갈 때 배웅하려 내려왔었다고 한다.

"네! 잘 먹고 나왔습니다. 폴의 용태는 어떤가요?"

"아주 좋죠. 다, 닥터 킴 덕분입니다."

병원장의 얼굴에 서려 있던 그늘이 사라졌다. 폴 쿠아레 때문에 심려가 컸던 모양이다.

잠시만 한눈을 팔면 사망할 수 있다는 경고를 받은 바 있기에 노심초사했던 것이다.

"하하! 제 덕은요… 아무튼 다행이네요."

"네에. 그나저나 조금 일찍 오셨네요."

"네! 파동치료기 세팅을 다시 해야 해서요."

"아~! 그거요."

어젯밤 호텔로 돌아가기 전에 병원장을 만나 파동치료기에 대한 간략한 설명을 했다.

혹시라도 오용 내지 남용을 할까 싶어서이다.

"폴이 혼자 있으면 너무 심심하다고 해서 아이들이 입원해 있는 병실로 옮겼습니다. 그래서 그 병실이 비어 있으니 그걸 쓰시면 됩니다. 근데 공구 같은 것은 필요 없으신지요?"

"주파수 조절만 하면 되는 거니까 공구는 없어도 됩니다. 그나저나 제프는 언제 온답니까?"

"이따 2시쯤에 당도할 거라는 전언이 있었습니다."

"그래요, 알았습니다. 참! 어제 보았던 사무엘 오벤 중령은 어떻게 한다는 말 없었습니까?"

"아직… 말씀이 없네요."

"네에, 알겠습니다. 그럼 전 올라가 볼게요."

"네! 그러십시오."

병원장의 말대로 폴이 사용하던 병실은 비워져 있다. 문 앞에 쓰인 입원자 성명은 '제프 카구지'로 바뀌어 있다.

파동치료기가 몹시 예민한 기기라고 겁을 줬더니 기기를 이동시킬 때 혹시라도 문제가 생길까 싶었던 모양이다.

"일단 스위치 온 하세요."

"그래!"

전원을 넣고 잠시 기다렸다.

인디케이터가 없으니 현재의 주파수가 얼마인지는 알 수 없다. 그래서 도로시의 지시를 받는 중이다.

"나중에 만들 때는 제대로 해야겠네."

"네! 주파수가 안 보여서 그러시죠?"

"그래! 상용화하려는데 매번 내가 나설 수는 없잖아."

"네! 그걸 감안한 설계를 할게요. 아! 정상 작동하네요. 현재의 주파수는 528.37Hz이에요. 너무 예민하게 만든 건 아닌가 싶었는데 괜찮네요."

"그래? 다행이네. 이제 432Hz에 맞춰둘게. 미세 조정은 이따가 제프가 오면 그때 측정해 보고 조정하자고."

"네에!"

현수는 조절기를 돌려 주파수를 낮췄다.

같은 시각, 사무엘이 입원해 있던 병실에선 격렬한 부부싸움이 벌어지고 있다.

"그럼 아무것도 안 하고 그냥 두고만 보자고요? 그냥 놔두면 아이가 죽을 수도 있잖아요."

"그럼……? 새파랗게 젊은 놈에게 수술을 맡기자고? 이거 간단한 맹장수술 같은 게 아냐. 사무엘의 두개골을 열어야 하는 수술이라고."

"나도 들어서 알아요."

"알긴 뭘 알아? 당신은 인간의 뇌가 얼마나 예민한지 모르지? 조금만 실수하면 그냥 죽어. 알았어? 사무엘이 젊은 놈 손에 수술 받다 죽을 수도 있다고. 그래도 괜찮아?"

"수술 받으면 꼭 죽는다고 누가 그래요?"

"그건…, 아무튼 안 돼!"

미나쿠 오벤 하원의장은 고집스러운 표정을 지으며 팔짱을 낀다. 당신과 더 이상 대화하고 싶지 않다는 제스처이다.

똑, 똑, 똑—!

누군가 노크를 했다.

"네에."

하원의장은 사나운 표정을 짓고 있는 아내를 향해 한 번 더 인상을 쓴다. 누가 왔는지 알 수는 없지만 본인의 체면에 손상을 입히지 말라는 무언의 경고이다.

삐이걱—!

경첩에서 소리가 나는가 싶더니 문이 열렸다.

"안녕하십니까? 의장님!"

"어라? 비서실장께서 여기에 어떻게……?"

문을 열고 들어선 이는 조제프 카빌라 대통령의 비서실장 구스타프 베야(Gustaver Beya)이다.

"대통령님께서 이걸 전해드리라 하셨습니다."

"그, 그래요?"

미나쿠 오벤은 얼떨결에 구스타프 베야 비서실장이 건네는 서류봉투를 받아 들었다.

"대통령님께선 그걸 보시면 된다고 하시더군요."

"아! 네에, 알겠습니다. 감사하다 전해주십시오."

"그러지요, 그럼 저는 이만……!"

비서실장이 물러난 후 미나쿠 오벤은 봉투의 내용물을 꺼냈다. 프랑스 언론사 르몽드의 기사를 복사한 것이다.

〈 아제르바이잔의 일함 알리예프! 〉
천행이 있어 위기를 모면하다.

굵은 글씨 아래 기사를 보니 현수의 아제르바이잔 행적이 고스란히 공개되어 있다.

그 아래엔 경이적인 수익률의 주인공이라는 것과 세계적인 작사·작곡가라는 내용도 있다.

더 아래엔 현수에 의해 목숨을 구했던 아이의 부모와 환자들의 인터뷰가 간략히 정리되어 있었다.

뇌동맥류 클립결찰술, 뇌혈관 중재 시술, 뇌혈관 코일 색전술에 관한 자세한 내용과 이 어려운 것들을 실수 없이 모두 성공시켰다는 내용이다.

다음 페이지엔 2년 넘게 식물인간 상태였던 폴 쿠아레가 불과 사흘 만에 의식을 찾았다는 병원장의 메모가 있었다.

"이런데도 수술을 못 하게 할 셈이에요?"

"끄으응!"

미나쿠 오벤은 낮은 침음을 냈다.

맨 마지막 장에 붙어 있는 메모지 때문이다. 무톰보 병원의

원장이 육필로 쓴 내용은 다음과 같다.

닥터 하인스 킴은 겉보기엔 새파랗게 젊어 보이기는 하지만 세계적인 대가의 반열에 올라있는 것으로 사려(思慮)됩니다. 부디 좋은 기회를 놓치지 않기를 바랍니다.
— 병원장 올리 일룽가

"봐요! 이런데도 안 하겠다고 할 거예요?"
같이 메모지를 들여다 본 아내의 성난 음성에 오벤은 아무런 대꾸도 하지 않았다.
아내는 강단 있는 음성으로 포고를 한다.
"이 아이는 당신의 아들이기도 하지만 내 배 아파서 낳은 내 아들이기도 해요. 그러니 나도 반쯤은 권리가 있다고요."
"……!"
"지금 당장 수술해 달라고 할 거예요. 경고하는데 나를 말리면 오늘부로 당신과 이혼이에요. 알았어요?"
미나쿠 오벤은 가부장적인 분위기에서 성장했다. 결혼 후에도 그렇게 살았다.
그런데 오늘 가정 권력이 반전되고 있다.
오벤 의장은 문을 열고 나가는 아내의 뒷모습을 멍하니 바라본다.

아들이 부상당한 이후 식음을 전폐하고 울기만 해서 그런지 전보다 많이 야위어 있다.

국정의 한축을 이루고 있는 야당의 대표이지만 하나뿐인 아들에게 해줄 수 있었던 고작 1인실 병실에 누워 있도록 하는 것뿐이었다.

콩고민주공화국의 의료 수준은 많이 낙후되어 있다.

이를 알기에 더 이상의 치료가 없을 거라는 것과 조만간 아들이 숨을 거둘 수 있다는 것도 알고 있었다.

"아들아! 내 생각만 했구나. 미안하다."

오벤 의장은 아들의 뺨을 부드럽게 쓰다듬었다.

어린 시절의 사무엘은 개구쟁이였다.

물병을 깨고, 화덕을 망가뜨렸으며, 곡식 담은 항아리에 재를 쏟는 등의 사고를 많이 쳤다.

그럴 때마다 눈물이 쏙 빠지도록 야단을 쳤다.

지금은 서른도 넘은 건장한 사내가 되었지만 여전히 눈에 넣어도 아프지 않을 것 같은 아들이다.

그런데 어렸을 땐 왜 그렇게 엄하게 대했고, 야단을 많이 쳤는지 모르겠다.

생각해 보니 아들과 놀아줬던 시간이 거의 없었다.

정권에 대항하느라 밖으로 나돌다 귀가하면 아빠 오셨느냐고 물으며 해맑게 웃어주던 아들이다.

새삼 아들의 어린 시절에 더 많이 놀아주지 못한 게 마음에 걸렸다.

"미안하구나. 아빠는 너를 사랑했단다. 근데……"

미나쿠 오벤은 목이 메어 말을 잇지 못하였다.

수술이 잘못되면 오늘이 마지막이라 생각하니 괜스레 처연한 기분이 들었다.

하여 오늘도 햇살 맑은 창밖에 시선을 주었다. 고개를 숙이면 왠지 눈물이 왈칵 쏟아질 것만 같아서이다.

"잘 될 거야, 아암! 잘 되고말고! 너는 내 아들이다. 너는 내 하나뿐인 사랑하는 아들이야. 사무엘! 힘 내거라."

미나쿠 오벤 하원의장은 하염없이 아들의 머리를 쓰다듬었다.

외국에 나가 공부하고 돌아와 콩고민주공화국의 미래를 위해 큰일을 하라고 했더니 이를 거부했다.

그러고는 정적(政敵)인 조제프 카빌라의 심복들을 길러내는 사관학교에 입학하여 장교가 되었다.

놀아주지는 않고 매번 야단만 치는 아버지에 대한 반감이 작용한 것 같다.

소위로 임관한 후엔 곧바로 일선에 배치되었고, 여러 번 반군과 교전을 벌여 혁혁한 전공을 세우기도 했다.

하여 국방장관과 대통령으로부터 각각 한 번씩 무공훈장을 수여받았다. 그때마다 진급하여 중령이 되었다.

이번 전투는 중령 보직인 대대장에 임명된 후 첫 번째 교전이었다.

행군 중 반군이 가한 기습으로 인해 부상당한 부하를 구하려다 총상을 당해 후송되었다.

부상당한 부하를 메고 달리다가 허벅지에 박힌 총알 때문에 앞으로 고꾸라졌는데 하필이면 그 자리에 바위가 있어서 잠시 기절했었다.

그러고 나서 깨어보니 허벅지에 박힌 총알을 빼내는 수술이 진행되고 있었다.

군의관이 괜찮으냐는 물음에 '나는 괜찮아! 루카쿠 하사는?' 이렇게 대답하고는 의식을 잃었다.

군의관은 즉시 사무엘을 후송시켰다.

멀쩡한 것 같더니 갑자기 의식을 잃어버렸는데 어찌 된 영문인지 알 수 없었던 때문이다.

반군과 교전은 북동부 '부타' 인근에서 벌어졌다.

사무엘은 인근에서 가장 큰 병원이 있는 키상가니로 옮겨졌으나 그곳에서도 원인을 알아내지 못했다.

하여 양감비 → 보엔데 → 음반다카 → 쿠투 → 반둔두로 계속 이송되었다.

반둔두의 병원에서도 원인을 몰랐는데 그곳에서 사무엘 오벤이 하원의장의 아들이라는 사실이 밝혀졌다.

그 즉시 이곳 무툼보 병원으로 이송되었다.

콩고민주공화국에서는 가장 큰 병원이다. 한국으로 치면 서울아산병원 내지 서울대학교병원이나 마찬가지이다.

그런데 CT도 MRI도 없다. 너무 고가인 장비라 아직 갖추지 못한 것이다.

아무튼 병원장은 의사들을 총동원하여 사무엘의 의식불명 이유를 알아내려고 하였다. 물론 알아내지 못했다.

그러다 현수와 조우하게 된 것이다.

『전능의 팔찌』 2부 9권에 계속…